LOCUS

LOCUS

LOCUS

LOCUS

catch

catch your eyes；catch your heart；catch your mind……

catch 56

我異鄉人的身分逐漸清晰

作者：王丹
責任編輯：陳郁馨
美術設計： Sky Design
內頁攝影：何經泰
法律顧問：全理法律事務所董安丹律師
出版者：大塊文化出版股份有限公司
www.locuspublishing.com
台北市 105 南京東路四段 25 號 11 樓
讀者服務專線 ： 0800-006689
TEL: (02) 87123898　　FAX: (02) 87123897
郵撥帳號： 18955675　　戶名：大塊文化出版股份有限公司

本書內文曾分別刊於香港明報出版社出版，王丹所著之《我的青春歲月》
《我在哈佛的日子》、《穿行在潮溼的記憶中》、《不確定的時代》
以及香港田園書屋出版，王丹所著之《聽風隨筆》
蒙明報出版社及田園書屋慨允取用，特此致謝

總經銷：大和書報圖書股份有限公司
地址：台北縣三重市大智路 139 號　　TEL: (02) 29818089
FAX: (02) 29883028 29813049
初版一刷： 2003 年 1 月

定價：新台幣 220 元

我異鄉人的身分逐漸清晰

王丹

目錄

散落在文字細縫裡的

徐璐

一九八八年，北京的初春，黃金燦爛的陽光中帶著一點冬末的寒意。那是我第一次見到王丹——一個「北大」一年級的學生。

林懷民老師最近剛從上海完成二〇〇二年「雲門舞集」公演，回到台北後，他說上海讓他印象最深刻的是年輕人的眼中都是發亮的。他所描述的景象是如此的熟悉，我的記憶飄落到了十四年前的北京。

當時我在北京採訪，王丹常帶著一群朋友，有大學生、詩人、作家；我們有時在一個老舊的飯館，有時在北大的學生宿舍，或就坐在北大校園的階梯上。每一雙眼睛都是發亮的，他們高談著、闊論著……。夢想，像個不可能有邊際的天空。

□

一直到一九九九年冬天的台北，隔了十一年之後，我才再次見到了王丹——一個哈佛大學一年級的學生。

在王丹成為哈佛大二學生後，我曾聽他帶著興奮口吻說：「終於是二年級了。」從來沒真正懂過這句話，直到看完他這本書的文稿。

從一九八七年入獄、一九九三年出獄、一九九五年再度入獄、一九九八年以赴美就醫名義轉入哈佛大學的王丹，一共花了十三年，才唸完了他的「大一」。

十三年的生命可以如此被抽離，像一本完整的書硬是少了一、兩個最重要的章節。王丹說，「這是一種被壓縮過的生命」。十三年的時間，六年多的牢獄生活，就像窗外一片一片落葉代表著一個又一個年份，所謂「年少」裡的青春和歲月，就這樣在他生命的檔案中消失了。

對「年少歲月」的失落感，散落在王丹許許多多文字細縫裡。對王丹而言，「這種命運因為其不可避免的必然性而稱不上殘酷，因而成了一種悲壯」。

一九八九年，我曾隨同當時自立報系的發行人吳樹民先生一齊至三軍總醫院的頂樓「探訪」因絕食而保外就醫的施明德先生。當時，施明德說：「我雖然已近五十歲，但是，我有二十五年的歲月都在牢裡渡過，所以如果我出獄，我的實際生命年齡是二十五歲，我要像二十五歲的人那樣的活著。」

深沈、濃烈得化不開的歲月失落感，盡在這句話的靈魂中。想來，這也是王丹生命中，很少人能理解的一個惆悵。

□

相較於米蘭・昆德拉執著於「抗拒遺忘」的文化使命，流亡在波士頓的王丹，似乎在「抗拒遺忘」和「選擇遺忘」中有著更深刻的孤寂。

不願「六四事件」成為他生命中唯一的符號，從不曾放棄「未來」的王丹，在六年多的北京第二監獄內，學會了在知識的宇宙裡尋找到自己的精神家園，學會了「活著就是生命本身」的哲學。也因如此，他的生命才能在經歷了那樣一個歷史性的「血腥洗禮」和「國際名人」的兩個生命撞擊之後，王丹仍一貫地帶著靦腆、好奇、謙虛地投入生命。

然而，「血色的黃昏」卻又不是一件如同一般生命創傷，可以在時間的流動中遺忘或消失的。

二〇〇一年五月，王丹在哈佛大學目睹了美國近三十年來最大的一個「Living Wage Sit-in」（「最低工資示威」）學潮。當示威落幕時，五十位帶頭示威的學生得到了大束大束的紅玫瑰，一樣的「紅色」，卻是截然兩種歷史、兩個世界、成千不同的命運。那些多年前「以鮮血作為靈床長眠在六部口十字街頭的同學們，把生命寫成了某種文字性的東西」，王丹對他們說：「我的生命是倖存的，但我的悲傷與記憶永遠陪著你們。」

不能遺忘，還有一個更深的理由——「思鄉」。在往台灣的飛機上，王丹必須先「與北京擦身而過」。如果有回到北京的那一天，「我也許會極不體面地嚎啕大哭」，但是他「希望能早日那樣地不體面一次」。這是王丹的鄉愁。

□

原本以為「只是一本普通的文集」，原本也只是基於與王丹的特殊情誼而答應寫個序。然而，看完整本書稿，才知道自己糊塗的可以。在越洋電話中，我帶著看完後心中仍迴盪的悸動問著王丹寫這些文字的心情。

他說：「希望妳幫我寫序，就是因為妳是極少數在我還沒和六四事件牽連之前就認識我的人。那時的我純然只是對著生命充滿熱情，對著知識充滿憧憬，與政治扯不上關係的，純然的『王丹』」

在這本書中，王丹記述了他內心的旅程。在這個旅程中，王丹努力地在他的「身份落差」──「六四事件的王丹」和「真正的王丹」之間，回復一個平衡，還原到真正的自己：「我們『八八』這一代是一個比任一代都更有回憶的一代，我們還來不及享受成長，『歷史回憶』卻已經鑲刻到我們的生命裡了。」

但是，王丹不想活在歷史、活在滄桑裡。雖然，旅程漫長而寂寞，但他仍「微笑投入」。

（本文作者為資深新聞人，現任華視總經理）

在無欲則剛的年代裡

張惠菁

王丹在獄中時，給自己訂了嚴格的學習計劃。比如說，他的一天可能是這樣渡過的：早起背英文單字，讀中國史，休息時再背英文單字，中午背詩詞，下午讀世界史，晚上讀中外名著、學習英文文法。此外還有數種期刊雜誌、經監獄管理人員選擇過的報紙，甚至《辭海》、地圖冊、英漢字典等檢索的工具書，也當作知識的入門路徑仔細閱讀。在極封閉極狹小的囚室裡，他以一則則工具書上的條目，試圖趨近極龐大極完整的知識系統。

讀書之外，為了怕長期關押導致「精神上的『癱瘓』」，王丹還給自己訂了保持微笑等「行為守則」；為了不讓牢獄把身體關垮了，想辦法在狹窄的囚室裡運動，原地跳高，自己給自己喊口號做廣播體操。王丹當然熟悉中外歷史上知識份子坐牢的故事，知道他們怎樣利用在獄中的時候自修，為革命事業準備自己，「我把入獄看做是自己介入民運工作的一個必經階段，看作為一個異議者在中國當代政治實踐中的一門『必修課』。」

當然王丹的獄中生活並不是只有苦讀與鍛鍊，畢竟他入獄時才二十一歲，在《獄中回憶錄》裡可以讀到不少年輕學生苦中作樂的趣味。但我覺得他給自己訂下的讀書計劃與紀律，除了是在為出獄後持續投入民運作準備，更直接指向一種知識份子的血統，其中潛藏著如下的信仰：自我是可以被提昇的，牢獄生活與極權政治對心靈產生的侵蝕作用是可以被抵抗的，應當面對未來而準備自己。信仰的核心，是一種溫暖的樂觀。

也許我們在台灣的讀者看了，會有一種近乎鄉愁的感懷，當知識份子的論述不是早已從我們身邊消失，便是淪為一種不合時宜的懷舊。王丹的獄中功課表表明一種對自我的觀點，不是像我們當中習於出示星座命盤者，時時想從別人口中聽見自己「是怎樣的」，而是在書單和守則裡看見自己「應該是怎樣的」，「可以是怎樣的」。於是自我便不只是現下片刻裡的這個人，而獲致了一種在時間裡的延展性。在介入世界之前，他的起點是介入自己。

這樣的王丹，度過了獄中六年，保外就醫到美國，進入了哈佛大學。最初是中國，接著香港跟澳門也改旗換幟，陸續成為他無法踏上的土地。即使他在獄中可能已做好長期面對當政者的準備，這時他與他所試圖介入、改革的對象，畢竟被遙遠地隔離開來了。

□

這本散文集《我異鄉人的身分逐漸清晰》收錄了王丹到哈佛唸書後，陸續發表的非政論性文章，應驗了阿多諾的話：「對於一個不再有故鄉的人，寫作成為居住之地。」受限於香港報章的篇幅，這些文章都極短。但正是在這些非政論性的短文裡，最可看出王丹心緒的變化。如果流亡者注定，如薩伊德所說，要有雙重的視角——一是在流亡中失落的世界，一是其身所處的此時此地——在王丹身上正可見兩種視角的相互參照。北京作為無法回返的故鄉，北大作為永恆的母校，頻頻出現在文字中，成為迴盪在當下眼前之外的複音。因此他格外敏感於時間的流逝，外在環境的變化，濃烈的記憶終於轉趨平淡的過程。

可是，更多時候，王丹的文字中出現了一種模糊的時態，大部分文章的時間可以是任何一天，地點可以是任何城市。他毫不急躁的文字，保有一種在時間中封存的馨香，但也令我們感覺他位置的抽離，孤獨而漂蕩，「風把目光吹到很遠的地方」。我們在其中讀到的那個失去的世界，無法復返的時空，具體時是他度過青春歲月的北京城，抽象時只是一種氣氛，像他詩中「灑滿陽光的小街」般的童年，盈滿了「來自幸福的莫名失落」。

王丹究竟是在什麼樣的時空感中寫下這些文字的？離開北京，前往美國，經常在旅次途中，為他帶來的是怎樣的另一重視野？他內在的知識份子性格，自我塑造的動力，能找到與客觀世界嵌合接軌的方法嗎？王丹似乎是走進了一個沒有功課表的世界，他維持著「在路上」的狀態，心靈漂流的過程中，肉身所處的座標變得不明顯，也不重要，甚至死與不死也沒有差別——他以令我們怵目驚心的平淡口吻想像了自己的死亡，死前滋生一種淡淡的回憶，模糊而瑣碎的片段，卻具現著某種奧秘，「它的內涵連偉大領袖毛澤東的滿腹韜略都無法比擬」。

而王丹的異鄉人身分又不僅源自他在空間上離開了中國。不少從前的朋友「下海」經商，各自尋到隱身的場所，王丹因為還是學生，表面上看變化最少，卻不見得最遠離滄桑之感，甚至因為他沒有隨同輩於潮流中變化，便注定在時間裡成為浦島太郎式的異鄉人。〈星期六晚上〉描述高中同學們從北京打電話給他，全員到齊，只少王丹。王丹聽著話筒那邊劈頭蓋臉而來的問候，但他是缺席的，且正因這唯一的缺席者處境，使他更敏銳地感受著世變。最受歲月磨難的往往不是那些親身被時間捏塑的人，而是孤立在側的旁觀者。他們醒覺地目睹變化在他人也在自己身上發生，深知一切終究無可挽回。

□

在一首題為〈無欲則剛〉的詩中，他這樣寫：

當我們追求一種美麗時
所有的情感都是活躍的，積極的
我們會在逼近幸福時高歌乃至雀躍
而在迷失的階段晝夜狂飲

但也許有一天追求不再有清晰美麗的目標，幸福不再那樣容易逼臨，迷失也不能於浪漫的狂飲中解消：

可是當時間以重量
慢慢壓碎玻璃般的感情觸角
我們開始學會無欲則剛
這會使我們惘然
使我們滋生一種
閱讀之後對閱讀的思念

於是時間與在時間中流逝的，成了王丹近年詩文最宿命的主題。在獄中時他以「時間是最公正的大法官，我應該相信時間」自勉，那時他相信時間是站在公理與正義這一邊的。然而在這本文集中，他卻認出了時間殘酷的一面。比如回憶高中友人中一位全校有名的才子，寫到他數學和英文成績很糟時，王丹說：「那時我們都不知道這是多麼危險的事。」後來這個朋友沒考上大學，此後忙於養家糊口，放棄了文學與夢想。時間拉出「多年以後」的視角，便倏然顯露當初處境的凶險。

同樣出於對時間的敏感，王丹見到自己從初中時起的七本日記時，「竟如冰山一般令我不敢觸動」，深夜一讀，「頓時便丟盔卸甲地敗下陣來」，「你想到的惡果仍然會出現，你擔心的結局最終會到來。有些地方，也是你盡力逃避，卻一步步走近的」。乃至他的詩裡也少不了這樣的反省：「我有時並不羨慕幸福者的幸福／歲月的流逝總像暗夜中閃光的星星／提醒我留意事情背後的真實」。

但即使時間擔任公平與正義見證者的資格遭到了懷疑，即使他的心境似乎遠離了獄中那溫暖的樂觀，王丹畢竟沒有因此變成一個憤怒的諤諤之人。他也許具有一個已日漸稀少的知識份子的血統，卻不是那種大聲疾呼為知識份子招魂，沉緬於回憶「美好的仗我已經打過」的人。他的寫作傳達的不是經過擴音器的粗糙聲音，而是在一切喧嘩都如塵埃般落定，安靜下來後，獨自品味的細微感受。時間不斷帶來後見的視角，使一個誠實深刻的人無法滿足於政治宣傳般樂觀（或憤世）的幻影。在這無欲則剛的年代，革命不只是義無反顧，而必須有更多的頻頻回顧。回顧時間，回顧世界，也回顧自己。

王丹的文字所再現的，便是這些深海藍光般的回顧。有時我們仍會從中認出那個排功課表的二十一歲大學生，勉勵自己「微笑著投入」，「努力求得一份內心的平靜」。他仍像在獄中那樣鍛造著自己的主體性，但另一方面這主體性又不是堅實而排斥對話的，他不拒絕了解世界，並且無可避免地開放給來自未來過去的種種聲音，那些悄然而來與悄然而去的，那些「想起是徒勞，卻無助地難以忘記」的。王丹仍在接受著塑造，但現在最有力的塑造力量恐怕不是來自他有意識選定的書單，而是開放的時空，「巨大的寧靜」。

□

王丹站上天安門廣場時我還是高中生，看著報紙和電視上的報導我曾經想，那是真正的勇氣。現在我讀王丹的詩與文，讀到文中滿溢的孤獨，記憶與遺忘，理想與幻滅，或就是北美洲無動於衷的晴天，拉斯維加斯那樣人類憑空創造出來的幻影吧，我想，面對那些，茫茫時空中不可理解或不可把握的，也同樣需要勇氣。「不能期待世界會在詩人手中突然變成一首詩」——同樣經歷過政治磨難的捷克作家哈維爾這樣說，這非詩的世界裡王丹持續書寫著，他與世界的介面便循著他以詩心捕捉到的線索而成立（想到他這樣的詩：「我能夠走入這樣的晚上／有賴於下雨的聲音」）。入獄前他曾從前輩民運人士口中聽說，必須堅持練習說話，以免長期單獨監禁導致口齒不清。現在我閱讀著王丹的散文，忍不住想這也許是他在漫無涯岸的孤獨和開放時空裡繼續說話的堅持，即使他不見得有非說不可的理由，即使人我之間的距離、歲月的流逝與銷蝕，已構成阻礙訊息傳遞的獄牆。如果他又敲起在獄中和難友溝通的鋼管信號，在牆的另一頭傾聽的，會是哪一個時空裡的誰呢？

我想謝謝王丹，他再一次令我想起了勇氣，勇氣在這無欲則剛的年代裡。

（本文作者著有小說集與散文集，近作為《楊牧》）

1

當藍色的風蕭瑟起

星期六晚上

星期六晚上。

正在收拾彷彿永遠也理不清的書刊、CD、剪報、相片，凌凌亂亂地攤開在地毯上，一如每一個周末的晚上：遠離party、舞會和與旁人的盤桓，難得地一個人忙碌在清閒中。

這時，電話響起，聽筒那邊一片陽光，是高中同學L從北京打來的，聲音比以往高亢一些：「知道我在哪兒嗎？四十一中！今天是建校八十周年校慶，咱們班同學都回來了，就差你一個，所以打給你。你等著。」

於是，接二連三，冰雹一般的問候劈頭蓋臉而來——

「嘿，臭小子，現在幹什麼呢？」

「我是你五哥呀！」

「喲，我姊姊、姊夫也在波士頓住，什麼時候讓他們去看你。」

「誰說我忘了你？你是大忙人呀！」
「唉，別搶別搶，我還沒說完呢。」
與高中同學闊別十四年了，不知道一個個已是如何的環肥燕瘦，沈腰潘鬢，但從聲音上聽起來，似乎誰都沒有變。感謝電話，讓我可以只聞其聲，逃避開對歲月滄桑的廉價感嘆。
熱鬧了半天，他們在地球的那一邊參加校慶活動去了。屋子裡又剩下我一個人，和滿地的雜物。
我不禁有些發呆，有些措手不及，有些莫名所以。
剛才電話筒那邊的喧嘩、諧謔、關切，那一切的分貝，現在突然消散，只聽見院子裡風吹動樹葉的聲音，和床邊鬧鐘的「嘀答」走動。
這大概就是空間與時間的交錯了。我這裡夜深人靜，而在電話那邊卻艷陽高照。一隊高中學生你推我擠地從校門衝出來，放肆的高音與笑聲瞬間充斥了街道，他們都不知道十四年以後自己會是什麼樣子，也懶得想像，只是在輕鬆的課業中故作沉重。
●星期六晚上，我很早就睡了。

終於上了二年級

就要開學了，我嘆出了一口氣：終於上了二年級。（編註）

我好像天生就與一年級有緣。

我一九八七年考入（北大）國際政治系政治學專業，一年級；一九八八年上半年政治學專業獨立出來，組建成政治學與行政管理系，仍是一年級；一九八八年九月我從政治學系轉入歷史系，按學籍管理規定，需重新學習專業基礎知識，所以還是一年級；一九八九年爆發八九民運，這個漫長的一年級沒有上完，我就成了階下囚，當時離升入二年級只差一個月了。

大學夢從此中斷了九年。

一九九八年保外就醫赴美，入讀哈佛大學：一九九八至九九年就讀歷史系預科，該項目為期一年，仍舊是一年級；一九九九年進入東亞系讀亞洲區域研究專業，為時兩年，至二〇〇〇年九月開學前，也是一年級。

所以，一想到開學在即，我就有點兒飄飄然：從一九八七年到二〇〇〇年，整整十三年的時間，我終於從大學一年級邁入了二年級，多麼漫長的一小步。

我當年的大學同窗，有的已成了大學老師，有的研究生都已經畢業，還有的已經事業有成，在工作中獨當一面。甚至當年與我一起投身八九民運的博士生，今年其兒子也已經進入大學讀書。世事滄桑，一至於此，令我無可奈何之餘，只能會心一笑，因為每個人都有不同的路要走，世上本無固定的生活軌跡的模式，也無從判斷是福是禍。

十三年來從一年級卜到二年級，卻要只用一年就從二年級到碩士畢業，讀書的路彷彿壓縮成一粒石子，瞬間飛彈出去，倏忽即沒。

終於上了二年級，又高興，又不高興。

編註：本文作於二〇〇〇年九月。

我承認我開始做陽光下的夢想

最近二十天以來的哈佛校園（編註），像極了一九八九年時的天安門廣場。

二十天前，五十名哈佛大學男女學生佔領了校長辦公樓，要求校方為學校方工人提高最低工資，稱本次活動為「最低工資靜坐示威」（"Living Wage Sit-in"）；在辦公樓外，聲援的學生搭起了帳篷，徹夜靜守，以防警方強行驅逐樓內的學生。

二十天以來，哈佛校園內爆發了號稱是一九六九年越戰以來最大的學潮，驚動了社會各界。二十天後——本文執筆之日，校方在強大壓力下，被逼作出讓步：宣布組成新的委員會制訂最低工資政策，委員會成員除了十名教職員員工代表外，破天荒地增加四名學生代表、三名工人代表。這樣的委員會顯然會作出對保障工人權益有利的決定，學生贏了。

我參加了慶祝勝利的集會。作為一九八九年舉世關注的學生運動的參與者，在哈佛校園內夾雜在上千名歡呼勝利的學生中，我很難理清自己的感觸。

學潮就是學潮，八九中國學運的規模、影響比這次哈佛學潮大得不可比擬，但二者之間仍有著太多的相似之處：同樣的帳篷林立、彩旗招展；同樣的青年學生、熱血青春；同樣的佔領公眾場所以施加壓力；同樣的來自世界各地的聲援隊伍；同樣的當事雙方的僵持不下，同樣的演講、喊口號、唱歌、貼標語……。

同樣的地方太多了，只有一樣不同：結果不同。在一九八九年的中國，是流血、屠殺和大鎮壓、大逮捕；在二○○一年的哈佛，是學生的勝利，是獻給堅守在辦公樓內二十天的五十名大學生的幾大束玫瑰花。在春天的陽光下，那幾束玫瑰花是那麼豔麗，彷彿是嘉年華的點綴。

記得有位女性朋友曾對我講二〇〇〇年台灣實現政黨輪替時她的感受，當時她人在香港，在電視中看到台灣的政權交替儀式，不禁大哭。她為之由衷傷感的是，海峽兩岸同樣是七十年代末開始走向變革之路，同樣是一九八七年開始民主轉型，但一九八九年之後，卻走上了那樣不同的路。當這一邊已經開天闢地實現反對派的和平上台之時，那一邊卻仍然是極權、專制和全民族對前途的迷茫。

現在，我夾雜在人群中，情不自禁地跟著喊口號：「What do We Want? Living Wage!」

對，當天我聽到聲援的哈佛教授對學生們說「你們創造了奇蹟！你們是美國人中最棒的」時，我也不能不有與那位朋友一樣的感概。同樣的「佔領」（一個是廣場，一個是教學樓），為什麼一邊是與學生談判並對學生作出讓步，俾使事態順利解決；另一邊卻一定要大動干戈，以正規野戰軍，以小規模常規戰爭的手段對付手無寸鐵的學生，而令一國之首都陷入血腥與恐怖之中呢？美國人是人，中國人也是人，憑什麼命運如此不同！

在春日的陽光下，看著周圍那一張張因興奮和吶喊而漲紅的年輕面龐，我承認我一時間十分嫉妒。我承認我開始做陽光下的夢想：那就是有朝一日，中美仍然有同樣的學生運動，但也會有同樣的結局。

編註：本文作於二〇〇一年六月四日。

我畢業了

說實話，「畢業」這個詞真沒有給我留下什麼好的記憶。

一九八九年以後，大陸有一部地下紀錄片，名字就叫《我畢業了》，是記述「天安門一代」大學生──八七、八八級學生──畢業時的悲苦心境與迷茫。他們有同學死在長安街上，自己又感同身受地體驗政治肅殺，那種深切的壓抑使畢業成了心靈的葬禮。他們不想畢業，不想因為自己的離去使孤魂更加孤苦，使理想主義的過去徹底化為灰燼。記得影片中最打動人的是黃金剛（中國青年政治學院學生）的悠長、憂傷的歌聲：「親愛的人，再見再見……。」只有我們這些經歷過年輕的死亡的人才可以體會到，這不是對生者，而是對死者的告別。

一九九四年我在北京的時候，招待各方面的朋友看這部片子，每一次都見到那些朋友大哭著從我放電視機的房間裡出來。我總是遞紙巾過去，勸他們堅強，而自己，卻從來不敢與他們一起再看一遍。那時我從來沒有畢業過，但「畢業」這個詞卻在我心中代表了悲傷，代表了淚水，代表了那麼多人永遠斬不斷的記憶。

現在我真的畢業了，從哈佛大學東亞地區研究專業（編註）。貨真價實的畢業，但並沒有貨真價實的畢業生的快樂。有些沉重是命中注定的，當你只能承擔時，迴避毫無意義。我對於畢業的記憶就是如此。

在畢業典禮那天，周圍的美國同學尖叫、歡笑，我也面帶笑容，但我的內心如一片的肅殺秋天景象，孤寂而荒涼。一瞬間，我的耳邊又響起了重複的歌聲：「親愛的人，再見再見……。」

親愛的人，我的生命是倖存的；但我的悲傷與記憶，永遠陪著你們。

編註：二〇〇一年六月，王丹獲哈佛大學東亞系碩士學位。

還是得活著

大學同窗中有幾個「死黨」，現在自然各奔東西。其中一個也在美國，有個晚上打來電話，報告另一個「死黨」將來美探親，並說得知此事後一夜沒睡好覺，太興奮。

聽了有一點心酸。我這個朋友為人極忠厚，根本不像現代社會中的人，更不用提「後現代」了。太老實難免為人不屑，他妻子也是我們同班同學，就開始看不起他，兩人終於離了婚。他是一個以為朋友做事為樂趣的人，現在離開北京的朋友圈在美國打工、求學、又逢離異，心中的鬱悶可想而知。所以才會聽說有朋友來，高興得夜不成眠。

但是也別以為他的生活色調灰暗。離婚後不久的一天，他打電話來說：「我今天早晨出去跑步，這是到美國來第一次。跑到一半突然想起來今天是驚蟄，所有動物和蟲子都該出來活動了。嗐！我湊什麼熱鬧呀？」說完大笑。

我知道那幾天正是他心情最不好的時候。

其實生活就是這樣。該發生的事，不管你怎麼不情願，它還是會發生。你可以哭，可以笑，但無法改變生活。苦也好，樂也好，也不過是相對的。所有的事情都不會如我們以為的那麼好，也不會如我們以為的那麼壞。重要的是，不管怎麼樣，我們還是得活著。生活有時也會燦若桃花，但那只可能是一瞬；絕大部分的生活肯定會平淡如水，無滋無味，生活就是這麼簡單，所以儘管有時會感到無奈，但我們仍留戀它。

朦朧與幸福

有時會突然想起現在的年份，於是便有些迷茫。因為我總也忘不了一九八八年我剛邁進北京大學歷史系的門檻時，多麼年輕，多麼朝氣蓬勃，而十幾年一晃就過去了，這使我缺乏對「漫長」這個詞的敬畏心，因而在讀歷史時總是產生不了嚴肅感。

我仍然記得在北大學三食堂到三十二樓之間長長的小路，兩旁是高大的楊樹，當我一九九三年、九四年常常回到北大時，感到比起一九八八年來，那些樹根本沒有長高。現在又過去了好些年，我覺得恐怕還是依舊。與這些樹比起來，時間又有多少含金量呢？

一位朋友說，我們上大學時總有一種「迷迷糊糊的幸福感」。也許，迷糊就是一種朦朧，而朦朧正是幸福的前提。一旦事物愈來愈稜角分明，幸福感就不翼而飛了。可是我們卻注定要愈來愈「智慧」，也就是愈來愈明確。所以年紀愈來愈大，感情愈來愈淡，麻煩愈來愈多，幸福愈來愈少。

當然也有一種人，進入一種「明確的迷糊」的狀態。他們是聰明得過了頭，那種「幸福」，又豈是我輩凡人可妄加比擬的呢？所以我倒是傾向於伊比鳩魯的那一套，認命，但要努力求得一份內心的平靜。

這一聲謝謝

那還是九四年八月下旬的一天晚上，我從朋友處乘一輛出租車回家，對我實行二十四小時跟蹤監視的北京市公安局人員，仍像一貫的那樣分乘轎車（沒有車牌）和摩托車緊隨其後，毫不掩飾。出租車司機從反光鏡中注意到這種情況，十分奇怪，連連詢問，我只好告訴他我是因為與「六四」有關而進過監獄的人。他一聽，連忙問我是哪一位？

我說我是王丹。

他一連聲地「哎喲」了起來，說他「真是太幸運了」，並抽出一張紙讓我簽名。

我很感動，說：「看來北京的老百姓還沒有忘記『六四』。」

他告訴我：「當然不會忘記，北京人都是同情你們的，只是沒有辦法……」

我們一起陷入了默然。

到了家門口，應付二十五元車費，他無論如何不要，我們反覆推扯了五分鐘，他堅決不肯讓步，連我提出付一半這樣的妥協方案也不接受，我只好目送他駕車遠去，在心裡說一聲「謝謝」。

這一聲「謝謝」，我們不知道對北京老百姓說了多少遍。幾年過去了，這一件平平常常的小事，這一位普普通通的北京人告訴我的話——對此，這一聲「謝謝」我們還是要說下去，那怕只是在被溫暖了的心中。

往日情懷

一九九五年某日。一位大學時代的同窗要去美國唸書了，臨走前到我這裡道別。那時我還在北京。

兩人相對默然良久，我問他帶了什麼紀念物走，他說只帶了一盒齊秦的磁帶，《燃燒愛情》。

這可能是我們八七年度大學生的共同秘密了。

那一年我們剛入學，齊秦這盒《燃燒愛情》傳遍各高校，幾乎每個宿舍的窗口都飄出「我是一匹來自北方的狼……」、「給我一個空間……」的歌聲。記得那年冬天的北京是一個多雪的世界，我們常在齊秦的歌聲中漫步在白茫茫的未名湖畔，或從教室窗口眺望一片迷濛的夜空。

那時的我們，每個人都有一顆年輕的心，單純熱情，充滿理想主義和浪漫主義的雙重嚮往。我們喜歡冒險的刺激；我們對來自長輩的諄諄叮囑嗤之以鼻；我們忙於構築自己的心靈宮殿；忙於在生活中挖掘一切新鮮而活潑的印象；我們對世界抱有一種似懂非懂的新奇感。

現在我們長大了。經過了「六四」事件的血腥洗禮，我們在壓抑中各自孤獨地因為絕望而苦悶，然後我們相繼離開了校園，拋下所有的理想進入社會。於是我們被稱為，也自認為「成熟」了。然而，當我們試圖給自己留下一點記憶時，內心的歌聲卻又壓抑不住地響起了。

我充分理解我這位同學的心情。是的，在未來也許荊棘密佈、也許花團錦簇的路上，只有一種回憶可以不使我們失去自我，那就是我們的往日情懷，一種金黃色的回憶。

多年以後

我喜歡在舊金山的加州大學柏克萊分校（UC Berkeley）中漫無目的地走。校園建在山坡上，園內綠樹成蔭，遮天蔽日，四季給我的感覺猶如一個夏天。走在這樣的校園中，我會有一種「多年以後」的感覺。因為這裡太像北大的園林大學的環境。

多年之後，我在大洋彼岸的一盞孤燈下，在濃冽的寒夜包圍中，讀一封當年同窗的來信。在大談了一番春節放假的無所事事之後，忽然問：「你說我們以後會不會無聊而終？」我理解這種心境，但也無從回覆，只是心下一片惘然。

父母從大陸來探親，帶來一堆北大的畫冊和紀念書籍，還有校刊。信手翻一翻，不由得想起那位同窗的傷感。其實也不一定是傷感，因為畢竟歲月帶走了一些什麼，也留下了另一些。可是那種再回首的沈重一下一下地敲擊心臟，幾乎讓人無法承受，這又是什麼呢？

「多年以後」的感覺像初春深埋在土中的種子，似乎一夜之間就可能向天空伸展出一芽嫩葉。它會輕輕地嚙咬空氣，遠遠地用綠色牽引遠行人的目光，執著地把一些回憶呈現在你面前。我走在柏克萊的校園中，異國風光的植物、歐式磚石建築和遠處灣區海面上反射的金光，都似乎並不存在，只有一種感覺緊緊地裹在身上，堅實然而輕盈。總是有些精神密碼會穿越時空的屏障延續它自己的生命，最終成為一種符號，用千百種形式提示同一個內容。當我在多年以後，走在另一所大學的校園中的時候，這種符號就如同倫敦的夜霧，四野瀰漫。

也許我還是應該給我那位同窗回信，也許我可以只寄一張空白信紙，但是在title的部位寫上四個字：多年以後。

那一行行歪斜而聖潔的足跡

從小就會背李後主的詞：「小樓昨夜又東風，故國不堪回首月明中。」也感動，但現在想起來多少有些牽強。以我那時的年少，哪裡會品出李後主寫下這行詞句時心中的感觸呢？但這闋詞之所以能千古流傳，就在於它甚至可以打動不諳世事的少年的心。

現在我已不是少年了。忽然間發現自己開始對「不堪回首」的心境有了深一層的體會，心下不禁悚然。像是在深林中迷路，多少遍冤枉路重新來過的那種帶有宿命感的惶惑。那是當我重新讀起自己從小積累的日記的時候。

父母到美國來，順便帶來我從初中二年級起記下的厚厚七本日記。一疊形狀大小各不相同的本子堆積在那裡，竟如冰山一般令我不敢觸動。這一天深夜，借了幾分紅酒醞釀的醉意和 Di Do 的歌聲，心存壯烈感地打開舊日的日記，頓時便丟盔卸甲地敗下陣來——只翻了幾頁，我便頹然收起，竟是不敢再次開啟記憶。

如果說李後主不堪回首，是因為今昔對比的落差之大的話，我封閉記憶之門則是因為，心靈的空間不足以容納如許汗漫無邊的過去。那如水流逝的歲月映照出曾如此稚嫩的面龐，這一份面對時間的無奈該如何坦然接納？僅僅是看到自己曾有的青澀情感，便已感到如今的沈穩背後隱藏了幾許歲月磨礪的粗糙，便已心如刀絞，叫我如何可能冷靜地回顧那一行行歪斜而聖潔的足跡呢？

於是我重新用絨線捆束好七本日記，推入書架最深處。在那陽光與燈光都無法進入的領域，所有不堪回首的記憶兀自閃閃發光。就讓它發光好了，只要我不再見到。

那夜雨中的消逝

那是一個春雨淅瀝的晚上，彷彿連空氣都是濕的。

將近十五年過去了，我仍然記得在那個晚上，我是以怎樣焦灼而不安的心情送走了北上來探親的小楓。他的沈默像夜空一樣，陰沈而厚重。

他的父親去世了，雖然這是意料之中的事，但一經發生，仍是無比震撼。失去了世上唯一的親人，小楓又要離開我——他幾乎是唯一的一個朋友。我所有的擔心集中在他的精神狀態上，同時也生怕他會如西風中的落葉一樣無聲飄零。我開始像一個精神狂想症患者一樣喋喋不休起來，空洞的聲音一字一字地砸到水泥地面和四周的空寂中。我只想聽他說哪怕是一個字，那會證明他仍對生活有興趣。

我的擔心終於變成現實，從此我再也沒有了小楓的消息。我相信他仍然活在世上，因為那個年輕的生命曾如此美麗，如此殘酷的絕望實在不可思議。但是我也沒有試圖找過他，我知道當他願意再與別人交往時，他會第一個找我。

十五年過去了，偶爾我會在匆匆的行程中驀然間想起那個春雨淅瀝的晚上，那是我生命中一段珍貴的經歷。他使我知道世界上確實有一些事，你想到的惡果仍然會出現，你擔心的結局最終會到來。有些地方，也是你盡力逃避，卻一步步走近的。

這樣的經歷，使我不可避免地長大，開始分分合合在更多的人事與世事中。但只要想起那個晚上，想起我的感傷在風中是如何無力，我就會使自己的心放鬆，緩緩沈入記憶之中。

上海記憶

那真是一個血色的黃昏。

在「六四」後全國通輯的白色恐怖中，我們幾個逃亡者坐在黃浦江邊的國際海員俱樂部餐廳中吃晚飯。滿懷的天涯淪落心態，與剛從生死場中掙扎出的疲憊，面對著一江落紅，我感到無比的蒼涼。

多年以後，我一直想把當時的感受以記憶的方式重現出來，作為心中一份珍藏，可是卻發現有些情緒是如此濃烈，非經過時間的稀釋，無從用文字表達。

有一回旁聽李歐梵先生的「上海文化」課，一位建築系學生用幾十張老上海舊建築的幻燈片講述他對上海文化與現代性的觀察。彷彿觸動了機關，我又想起了那個黃昏。這種記憶已經不是簡單的對時間、地點、人物的複述，也不是定位在歷史事件中的一個環節，它成了一種有顏色的情緒，在模糊的空間背景下流動。這種記憶定格在十三年前，那種舊上海的落寞式繁華，對一個北方男孩的飽含異國風味的挑逗，都依稀仍舊是從未改變。儘管現在我已經身在真正的異國，但所能感受到的飄忽、詭異與美麗，都不能與當時相比。這種對上海的記憶，因為有了人在天涯的環境襯托，得以用一種完全不真實的狀態始終給我誘惑，讓我找尋任何可使我得以重溫記憶的情境。

現在想起那樣的一個血色黃昏，已經是恍如隔世了。

時間足以讓我們遺忘很多，再濃烈的記憶也足夠趨於淡漠，這使我可以理解為什麼米蘭・昆德拉會如此執著於「抗拒遺忘」的文化命題，只是仍然會有一些不甘心，會令我突然陷入恍惚。

那些悄然而來的

還有什麼比瞬間閃現，但倏忽而滅的理想更令人心碎的嗎？當我聽到心中嘩然一響的時候，我以為所有曾經逝去的都奇蹟般地再現了。那很多年都沒有了的溫暖和心動的感覺，在一個靜寂的清晨如數不清的音符撲面而來，使我不知不覺中彷彿回到了過去。可是當我寫下「過去」這個詞的時候，那些悄然而來的又悄然而去了。一切如同夢。夢，這就是三十年人生風雨給我留下的唯一教益，這是可能的嗎？

今天本來應該是個陰天，天氣預報甚至說可能會下雪。但上午天就晴了，這是那一種一塵不染的北美地區特有的晴朗。遊子一般的浮雲堆積在天邊，把整個天幕的純藍映托得更加無懈可擊。可是我寧願是陰天，那至少能讓我感到有天氣在與我同行，使我不會在無助的絕望中無可奈何，所以我開車出去。擁擠的街道給我虛無的印象，這種印象也比失去曾經擁有的美好更可以承受。我放大音響的音量，Enya的天籟般的人聲汩汩地從音箱中湧出。我奇怪自己已經可以表現出的麻木。想一想，我居然可以在這樣的心情下，這樣的天氣中，這樣的環境裡，這樣地無動於衷。

所以我知道，真的有一些東西只要過去，就不會再來的了。我們以人類所能揮發出的所有狂妄企圖複製、喚醒、搞回、再現那些我們心中的至愛，可是這一切歇斯底里般的努力是多麼可笑，所以我開車回家。一路的景色依舊，一切沒有改變。

暗夜中米粒大的花兒

翻檢舊日手稿，打動我自己的不是那些已經淡忘了的文字，而是編輯代擬的書名：《我的青春歲月》（編註）。青春，一個已經被庸俗化了的名詞，在我心裡，卻成了泛著藍色的光芒、在迷濛的輪廓下飄忽不定的夢想。它是那樣的珍貴，以至於我輕易不敢觸及。在現實的背景下，即使作為一種美麗，夢想也是會讓人隱隱作痛於心中的。

十年的時間坐了六年多牢，我並不後悔。但不後悔並不代表沒有遺憾。有兩樣東西是我一經失去，就再也無法得回的：青春和歲月。記得在錦州監獄的一個秋天的上午，陰雨連綿，枯敗的落葉順著雨點迴旋而下，依次覆蓋在小院的牆頭與路上。我取消了在院中讀書的日常安排，一時間似乎無事可作。屋內寂靜無聲，大家都有些發呆。我坐在書桌前，耳邊只有一片淅瀝之聲。在這樣的靜謐中，忽然我感到了歲月的流逝。彷彿窗外一片片落葉代表了一個個年份，它們如此殘酷地陳列在我眼前，如同一幕無聲的舞蹈，在其中我被一種莫名的失落緊緊地攫獲了。

人生最大的諷刺就在於：所有美好的東西，總是在失去以後才更加珍惜。雖然我至今仍不能清晰地界定青春與歲月的含義，但我清晰地知道我丟掉了一些美好的東西。有時我會稱之為少年情懷。這是那樣一個可以寫詩的年齡，任何夢幻都十分嚴肅，而任何錯誤都那麼純潔。有些觸及內心的感受只有在某一特定的年齡段才能最有效地加以體味，比如熱情，比如友誼，比如愛。事過境遷以後，我們成熟了，我們也就失去了。

也許最後的安慰是留下了一些文字，它就像暗夜中米粒大的花兒，在無邊的寒冷中閃爍出點點星光。

編註：此書由香港明窗出版社於一九九九年出版。而本文乃是王丹為該書所作的序。

秦城監獄裡的一天

永遠忘不了在秦城監獄裡的一天。上午放風時我仍像以往一樣，讓目光漫無目的地在視力所及的世界逡巡，心中依舊有對一磚一瓦、一草一木，甚至一縷微風的羨慕：羨幕他們的自由。忽然就見到了一朵小小的花，到現在我也叫不出它的名字，那其實是一朵極為普通的花，通體白色。有時候說不清地就會心裡一動，彷彿有了什麼感觸。於是把白花輕輕地摘下，帶回昏暗的牢房中。

中午的時候我睡午覺，夢見自己在一片火紅的雲中飛翔，腳下的田野、道路和森林飛掠而逝，卻聽不到任何聲音。在籠罩了一切的靜默中，整個世界在飛速地前進，這真是再驚奇不過的事了。更奇怪的事發生了：我忽然感到脅下一陣陣地發癢，低頭一看，兩片像帆一樣的翅膀正在慢慢地從我的體內長出，很快就成了兩片巨大的羽翼，我用力地拍打一下，身體竟一動不動地升上降下。這一下使我想起了小時候曾極為嚮往的山鷹，僅憑氣流就能自由地翱翔。我感到從心底升起一股光明，世界燦爛而美好。就在這時，我從夢中醒來。

第一眼便看到插在暖氣片上的那朵白色小花，已經枯萎了，花瓣皺成了一團。午後的陽光淡淡地灑了幾縷在牢房的地上，遠處隱約傳來武警操練的叫聲，我忽然想：人為什麼如此殘暴，在自己失去自由的時候，還去掐斷一朵小花的自由？

母校

在中文詞彙中，很少有可以讓我每一次見到都怦然心動的，「母校」即為其中之一。

對母校的記憶就像一種生物密碼，它在離開母校的第一天起就植入身體內部，成為我們精神的隱秘花園中的一角。它有時像一個反覆出現的夢境，我們曾有過的不現實的期待，在其中霍然出現；有時又像罹患多年的關節炎，在一些風雨交加的寒夜突然發作，在心底引出一陣撕裂般的隱痛。

我有時覺得人活著，就是在走一條不歸路，無論如何我們也沒有可能重新踏上曾經走過的路。但是幸運的是，我們會在一路走來的歷程中採一些花葉放入行囊中，偶爾取出嗅聞一下，那種在舊日情懷中的陶醉已使我們不必再真的回到過去。對母校的記憶就是如此。

曾經有一個夢經常出現，在夢中我回到母校：一樣的白楊樹掩映下的步行道，一樣的蜂窩一般的宿舍，一樣的體育場、圖書館和草地，一樣的少不更事的青春飛揚。而唯一不一樣的是夢中仍有的那種清醒，那種朦朦朧朧地感覺到夢醒之後一切成空的惶恐與無奈。在那段時間中，我才開始意識到，記憶甚至可以成為一種生理性的標記，在人的心理上刻下如此深的痕跡。

而記憶是需要賴以寄身的觸媒的，母校就是這樣的載體。它像是一個銀行，儲存了我們已冰封了的青春標本。當我們在不知不覺中逐漸老去的時候，總會有一些時候，霍然想找回一些自己，於是我們小心翼翼地從這個銀行中取出一些積蓄，以一次臨時性的消費對抗不可逆轉的蕭條。

對我來說，母校是另一個家，是一處精神宮殿，是避難所，也是最美好的珍藏。如果有一天，我會迷失在無名高原的漫天白雪中，我會想起母校，想起「母校」這兩個字所承載的那些溫情，我相信，我一定不會感到寒冷。

在聲音中鍛造安靜

最喜歡清晨懶起的片刻：頭腦已然清醒，並因睡眠——假如充足的話——而四肢通泰；這時聽到窗外或遠或近的繁忙，心下往往一派澄明。尤其是在晴朗的早上，那種明亮直打入心底，於是感覺到無比沈著，內心平靜。想不起昨天的事，也一時來不及設計今天，只是任多種聲音：車聲、鳥聲、行人打招呼的聲音，自然地在耳邊淌過，忽然就會很滿足。

假如一覺醒來，四下如墓穴般寧靜，只剩下自己的耳鳴，那我想我只有心慌而惶恐，內心四亂如麻。真正的安靜應當是有規律的聲音，而不是無聲世界。想一想那些地球上最優美的自然界聲響：夏日的蟬鳴、海邊的濤聲、山風在溪畔的嘯詠，哪一種不是固然喧囂，但又因其有規律而令人心境平和，如沐春風？而音樂，這種凝聚與複製自然音響之美的藝術形式，更是靠著以人工製造的和諧美的規律征服了千千萬萬敏感的心。

在聲音的圍繞中鍛造安靜，這聽起來有點矛盾的心願代表了事物背後的真實，因為我們一般對於安靜的理解太物質化了。現在考測寧靜與否，有了「分貝」的標準去衡量。可是，安靜難道可以量化嗎？安靜這種體驗應當與人心聯繫在一起，內心的安靜才是真正的安靜。有規律的聲音與嘈雜不同的是，它正可以讓人的內心安靜，於是我們感到宇宙天地間通體的安靜。在這裡，是人的內心作為一座橋樑，溝通了人與自然，溝通了身體與世界。

我想我至少學會了不挑剔。我不會刻意追求如古代名士般的情操享受，一定要花開的季節聆聽細雨。我只要那聲音有規律，就可以如獲至寶，就可以閉眼體會，那已經難得的寧靜。

微笑著投入

你應該微笑。

你盡可微笑地看周圍的無語的大千。但請記住，一定要微笑著投入；你不可以微笑地俯瞰世界，那麼冷淡、凝然；但你可以在生活中淡然地微笑，也可以凝然。須知道：雲雖然永遠君臨於黃土之上，但總是輕的；而我們在人生中自身則必須沉重、厚實。

而首先，你必須知道應該微笑。

我見過一位長者，他的一生可以說是經歷了人生的一切磨難，但每當他敘述自己的艱苦前行時，我總在他的唇邊發現一絲微笑，而且是那麼真摯、深沉，彷彿含了幾十年風瀟瀟、雨飄飄，也許還有那條漫長無盡的夜道，一個孤獨的旅行者踣頓而無助。於是我明白了，人應該微笑；於是當我與知心朋友在蒼茫時分告別於法國梧桐之下，當我一次次目睹剛剛推上來的巨石沿坡而滾落，當我寫這封小信而心知即使信札發黃也無真正的友人可在四窗下、秋菊前凝神翻閱的時候，我真誠地笑了。這便是生活啊！我的朋友；你在人生之旅中不應為自己確定目標，過程便是目的。因此即使在你的旅途上，在你向萬木蔭中的青塚邁步的過程中充滿了不如意和失落，即使你追求了一萬次也不成功，也請你微笑地投入吧，因為你所投入的苦痛便是一片真正的海。而你生存的意義就在這海的最深處，那藍光芒然的地方。

你必須投入，而切不可玩世不恭。信奉「享樂即是一生」的人無可避免地成為無知、淺薄之輩。而我所最擔心的，便是你玩世不恭的可能。你不該一包接一包地抽煙，而似乎並沒有目的，哪怕只是為了瀟灑；你不該因一次的戀愛不成功而開始玩弄感情；你不該一切都無所謂，尤其不該無所謂於愛的接受。你年輕如早晨磐石的青苔，但畢竟不是梅雨潭的深綠，因此你應該接受我的勸告；請你微笑地投入生活。

在生活中微笑地體味淡淡的悲涼，默默注視寂寞的蛛網慢慢爬上心靈的窗口，你將感到充實，我的朋友。

作於一九八八年八月九日

2

我順山而下逃亡

思鄉

一次在從紐約回波士頓的火車上，信手翻開一本北京出的《三聯生活周刊》，在一篇題為《打著「麵的」去天堂》的文章上面，一幅清晰的照片十分醒目：在八個車道的寬敞的二環路上，密密麻麻的各類汽車浩浩蕩蕩，其中點綴著各種黃色出租車——「麵的」，兩旁是高樓和綠樹。看著照片，突然心裡有點難受。

這是因為照片上的情景實在太熟悉了。

我在北京住了將近三十年，每天穿梭於車海人流之中，成千上萬次地坐車在二環路上緩緩駛過。這種情景本來已成了我生活中的一部分，以致於住在北京時我根本不會認真去看兩旁的街道。如果有人說：「這是你的故鄉，你應該對她很有感情！」我會一笑置之。可是當我離開北京兩三年以後，居然僅僅看見一張照片，就為之有些失神，這只能解釋為「思鄉」了。

這是一種無法理清頭緒的情感：因為我實在說不出北京有什麼在各大城市中的出眾之處，而且近來聽說北京空氣污染之嚴重已經到了令人難以置信的程度，可是即使如此，我仍然不可能面對熟悉的北京市容而心情淡然。

有時候我會設想，等到終於可以回到中國大陸，回到北京的那一天，當我從北京機場走出來，乘出租車穿過長安街回家的時候，我也許會極不體面地嚎啕大哭。這時我就會有一種怪異的念頭：希望自己能早日那樣地不體面一次。

與北京擦身而過

坐在從美國飛往台北的飛機上，旅程的漫長令我昏昏欲睡。倏忽從夢中醒來，猛然發現窗外已是繁星密布的清朗夜空，座位前的微型螢幕上，正放映著美國喜劇片《億萬富翁單身漢》。我漫不經心地調換著頻道，當顯示旅程示意圖時，我的目光凝注了。原來飛機已經飛越日本上空，在指示方向的箭頭的左方，赫然標明著：瀋陽、大連……北京！

北京，這兩個幾乎每天都可以見到的字，此時此刻令我有特殊的感慨，因為我正在與北京擦身而過。多年以來，只有坐在去台灣的飛機上，我才能與這個我生於斯、長於斯的城市在地理位置上如此親近。雖然已經如此慣了遠在他國的流亡生活，但真的與北京擦身而過時，我仍忍不住有些顫慄。

一個自己生活了二十六年的城市，已經與我們建立了血緣一般的關係，這是一種難以磨滅的親近感。就像是離散幾十年的兄弟，重逢時仍會有發自內心的激動一樣。儘管現在的北京，對我已如其他城市一樣陌生，但一旦與她幾乎面對面，我仍會發現自己是如此地難以忘記這座城市。

是因為她保存了我的藍色的少年情懷和金色的青春歲月嗎？是因為她代表著我的夢想與期望嗎？是因為她曾與我一起見證了快樂和悲傷？因為她有著了生命中最大的衝擊嗎？我不知道。我只知道在很多我喜歡去台灣的理由中，有一條聽起來很可笑也很重要；那就是找可以與北京擦身而過。

說不清的台北

去過很多次台北了，我仍然說不清她之於我的魅力確切地說是什麼，只知道我喜歡這座城市，哪怕要忍受十九個小時的飛行，也願意經常來。

有可能是這座城市的活力讓我能重溫青春歲月。在台北，青少年充斥街頭巷尾，這是一個年輕人的世界。因此有熙熙攘攘的西門町，有凌晨四點才開始冷卻的夜生活，有跳動的音樂和飛旋的舞步，有流行時尚最及時的展示。每個城市都因自己的基本人群而顯示風格，台北因而顯得生氣勃勃。

也有可能是傳統與現代的結合令其風味獨特。台北的市容談不上協調：玻璃幕牆是現代化摩天大廈，與陳舊破敗如紐約舊樓一般的建築雜混在一起；在通體透明的巴黎時裝專賣店旁，就會有專營豆漿油條的早點舖。但正是這種混雜，使人產生一種時空錯亂的幻覺，彷彿行走在昨天與明天之間，於迷離的影像中品出些許味道。

還有可能是其深厚的文化蘊涵令我沈迷。很少有一座城市像台北這樣富有文化氣息，首見是無處不在的傳統文化痕跡散發出歷史風情，其次是寬大明亮的現代書店及其豐富的圖書種類構築成學術環境。此外還有大街小巷文化演出的海報，和電視上大學教授們的搶眼位置。作為一個學生，沒有什麼比這種知識氛圍更讓我感到親切的了。

而真正的魅力應當是說不清的，她在每一天早上清爽地展露面目，而於都市夜晚迷離的燈火中漸漸隱入夜幕。

暗夜曇花

有一次去洛杉磯，在朋友的指點下，專門去看了張愛玲晚年居住的地方。那幢普通的公寓坐落在一個富人區中，掩映在樹冠的蔭蔽下，顯得幽靜而冷落。聽說張愛玲晚年不斷搬家，原因之一就是躲避媒體和讀者追逐的目光。她去世在這座小樓裡，孤身一人，終於悄悄地如願而去。我願意把一個孤獨而去的靈魂想像在春天的夜晚，在雨聲中飛離軀殼。那時的張愛玲，應當像一朵暗夜的曇花，在瞬間的美麗中告別了人世。

沒有多少人了解張愛玲晚年的心境，但我們可以揣測，在愛情的轟轟烈烈中與命運纏鬥了半生的她，在下半生中一定心力俱疲。當她坐在公寓裡那扇寬大的窗口時，我相信她並不希望回憶那觸角踏入她思想的領地；她也許曾長久地那樣木然呆坐，在無奈中開始另一場發生在心中轟轟烈烈的纏鬥——淡化憂傷。這是一場無所謂輸贏的戰爭，因為面對潮水般來來去去的憂傷，張愛玲既欣喜又略感苦澀。

我在洛杉磯大街的車水馬龍中緩緩行駛，感到異國的棕櫚樹在街道兩旁顯得飽經滄桑。流亡中的張愛玲就是在這樣喧鬧的大城市中建築自己的寧靜和退隱的世界，她不僅是自己流亡到了異國，而且靈魂也流亡到了現實之外。當她偶爾外出時，陽光會「砰」地一聲打在她的臉上，使她措手不及。她是一朵暗夜裡的曇花，只適合生活在半明半暗的房間內，沒有悲傷，沒有寂寞，沒有後悔，也沒有新的嚮往，她就這樣在每一天開放。

恍如隔世

凌晨五點。德國。法蘭克福機場。

從 Terminal A 到 Terminal B 有一條長達近一里的自動扶梯隧道，像一條長長的管子。從法蘭克福換機去義大利佛羅倫斯，我一個人靠在扶梯上緩緩前進，整條隧道空空蕩蕩。如果明暗閃爍的燈光還不算詭異的話，更詭異的是隧道裡播放的音樂。那是一種類似於 New Age 的音樂，空靈飄忽，充滿神秘氣息，適合極了此時此地。

凌晨時分一個人在異國的機場，穿行在詭異的空氣中，這使我感到恍如隔世。這種感覺一直帶到佛羅倫斯。當我撐傘走在雨季中這座文藝復興聖地的街道上時，覺得在法蘭克福機場以前的一切往事都杳如雲煙，那彷彿是一個陌生人的遙遠的故事，而當下的我，曾擁有的是一段與之截然不同的歷史。

這是旅行的好處。就像施行全身換血手術一般，旅行是一種精神的全面更新。遠離已熟悉的一切，「陌生」二字如一堵過濾性圍牆，擋住了陳舊的成分，而牆內，新的世界迅速地生長，迅速地成為早已熟悉的另一個人生。在這個意義上說，也許人只能活一輩子，但旅行使人有可能體驗不同的人生。

這來自於完全的陌生帶來的無限的可能。在旅行的途中，我常常會克制不住地設想：ＯＫ，我就在這裡住下了，誰也不告訴，以這種方式展開一段嶄新的生活，那該是怎樣的一種開始？也許我可以從打工開始，結識新的朋友，嘗試新的工作；也許成功地融入新環境，也許一事無成，重新回到過去。不管這是不是真的可能，但至少，旅行幫助我充實了想像的自由，讓我可以在路旁的咖啡座裡，在寒風中一杯熱咖啡的溫暖中，自由地想像一些可能。

這就夠了。我們還要什麼呢？我們之所以要出來旅行，不正是想像的自由已經枯萎，現實的瑣碎重複讓我們厭倦嗎？現在時間和空間以另一種方式展現，這濕潤了我們的想像力。這就像長時間的潛泳後，浮上水面的呼吸，它是如此重要，哪怕轉瞬即逝，也彌足珍貴。

在路上

那一次就只是呆呆地坐在車窗前，看兩旁的人與景飛速地被拋到列車後，就可以感覺到內心中有什麼情緒在慢慢醞釀。就像悶熱的午後，陰雲逐漸地積聚、合攏，陽光一寸寸退去。一切都在沉默中進行，當你有所感覺時，人已經陷入進去。

也許是途邊一座廢棄的廠區成了啟動的閘門：那破舊的廠房、遍地的雜草、凌亂地攤在地上的木材與鋼管、天上橫七豎八的線路……這一切本來已經像極了那個夢，可是鐵軌旁停放著的兩輛嶄新的警車又提示著毋庸置疑的現實情景。

在路上我經常會這樣莫名地恍惚：剛剛還興致勃勃與鄰座的人一起讚美天氣之旖麗，一瞬間後卻一頭栽入似曾相識的風景中。窗外的過眼雲煙，其永恆不變的呈現與逝去形成一種定格，彷彿所有的變幻都是在不變的框架下進行，但是框內的景物卻瞬息萬變。我想，也許是視覺疲勞的原因吧，才讓我如此輕易地進入恍惚。

儘管沒有讀過凱魯凱茨的《在路上》，但我可以預測到書中那種在精神上抽空自己的魅力。這是在路上才可以享受到的狂特感受：你彷彿成了若有若無的實體，無所謂形狀與實質，在現實與非現實間游走，卻又分不清現實與不現實的界限。在路上這種狀態給人的輕鬆，正來自這種不確定狀態。因為不確定，我們才不需要為任何一種情景負責，不必擔心幻滅，因為我們隨時會抽身離去。我一直以為壓力往往不是來自肉體，而是心靈，所以因為沒有了壓力，在路上才可以真正地放鬆自己。

而真正的放鬆就是發呆的狀態，就像當一個人緊盯著壁爐中的火苗的時候會長久地出神一樣。在路上也會只盯著窗外，任時間從指縫間漏走。也許等到終點到了的時候，我們只能重新抖擻精神，再度應對另一個完全不同的情景。但畢竟曾有過在路上那幾個小時的感應，我們得以儲備了承受生活之重的能量。

再訪倫敦

第一次到倫敦，是典型的蜻蜓點水，因為我的目的地是蘇格蘭，是愛丁堡。那一次為了一些現在想起來恍如隔世的事，情緒上十分低落，雖然正適合倫敦陰鬱的天空，但多少辜負了一番旅途勞頓的辛苦。自那以後，倫敦已有了親切感——知道早晚還會再來。

再訪倫敦，心裡平和了許多，有點像回家時的放鬆。在Soho區訂了一家旅館，放下行李就開始上街漫無目的地走。那天下著絲絲細雨，洗出一幢幢古舊建築發白的磚色和我心中一份無名的感傷。像找不回的一個夢，恍惚在眼前，又遠不可及；你知道想起是徒勞，卻無助地難以忘記。

滿是下班的人群，個個步履匆匆。站在街心廣場，四面八方是呈放射性的街道，周圍都是遊動的人與車，我忽然感覺自己是一座孤島。一座因為安全而溫暖的孤島。倫敦如一把巨傘，罩在孤島上方，我覺得物是人非，彷彿二百年前曾來過這裡，頓時有些恍惚。

於是鑽入泰晤士河畔一艘停泊的遊船，因為招牌上有「Bar」的字樣。在紅木傢具布置的帶有小窗的船內坐下，在晃動下叫了一杯紅酒。從窗口望出去，倫敦的黃昏灰濛濛的，儘管沒有了工業污染，也沒有了著名的「倫敦霧」（London Fog）——我喜歡這個牌子的男裝，只因為這個牌子的名字——但還是可以感到有一種霧一樣的東西瀰漫在都市上空和河面上。也許是一種積蘊了上千年的空氣吧，或者根本就是永恆的幻覺。藉著船體的輕搖，我開始讓沿岸掠過的倫敦在我眼中晃動，一切都因不穩定而煥發出朦朧的光澤。這是一種綿延成片的晦暗不明的光澤，它讓我感到了一點點的醉意。

夜色很快吞沒了倫敦，我在街燈下穿行在濕漉漉的巷子裡，尋找回旅館的路。忽然隱隱地有種期待，與這座城市一起消失在深秋的寒雨裡。

拉斯維加斯的燈火

莊子說：「子非魚，安知魚之樂？」我的答案是，我們可以把自已想像成魚：如果我們在水中搖頭擺尾，是不是快樂呢？這是一個涉及到人的虛擬能力的問題。有關這種能力，我認為人類社會在不斷地自我鍛造，拉斯維加斯的燈火就是一例。

在拉斯維加斯，人類用金錢打造的是一個虛擬的天堂。黃昏時分開車疾駛在從洛杉磯到拉斯維加斯筆直而漫長的高速公路上，殘陽如血，染紅了兩旁連綿橫亙的山崗。出了丘陵地帶又是廣漠的平野沙漠，單調的地貌令人昏昏欲睡，只有眼前公路上排成長龍的車隊一齊亮起的尾燈組成了金色的河流，還勉強能令人振奮一些。

就在這時，幾乎是一剎那地，車子拐過了一個山岬，前面仍是一馬平川，但憑空聳立起一座城市，一座燈火組成的城市。遠遠望去，巨大的建築遍體通亮，霓紅燈在風中熠熠閃光。在四野的黑暗夜色中，這樣一座火樹銀花般的城市的乍然出現頓時令人心旌搖動，為之目眩。你會感到這一切既真實——因為它就在眼前，又如同夢境——因為這怎麼可能？它就像一個童話世界。隨著車子的駛進，逐漸打開神祕的大門。

拉斯維加斯這座一年四季賓客如雲的不夜城，就是人類給自己創造的一個另類世界。人們在這裡一擲千金地豪賭，花天酒地地享樂。在這裡，一個白領職員可以用畢生積蓄享受豪華待遇；比爾・蓋茨據說也只是打一打角子機。在金錢面前，人人有了另一種體驗。這種神奇，就是拉斯維加斯的效果。人類已經可以在感到必要的時候，憑空創造另一個世界，真不知是幸福還是隱患？

在內華達州的石丘與沙礫中，拉斯維加斯的燈火搖曳出一片詭異。

可以一直走

非常喜歡人在旅途的感覺。

有個周末和朋友騎單車出去野遊，毫無目的地沿著波士頓地區的單車道一直向前騎，不知道目的地，不知道經過了什麼地方，只看到路兩旁不斷變換的風景：大片的密林、為公路截斷的山澗、靜如秋葉的池塘和湖泊、密密匝匝地爭相怒放的黃花……。七小時後騎回來，人疲乏得像一堆肉放在沙發上，但心裡仍是意猶未盡：如果不是體力有限的話，真想一直騎到中國去。

又有一次，一位朋友說要帶我出去散散心，問我想到什麼地方。恭敬不如從命之下，我要她只是把車向前開，上高速公路，然後一直向前。我不想專門去什麼地方，只想始終人在旅途。

人在旅途不會有乏味的感覺，因為眼前的一切都在快速的變化之中。當一個人目不暇給的時候，他會忘掉心中的隱痛，讓新鮮的感受填充疲憊的視覺，這時你會感到不斷地在與外界接觸和碰撞，不斷地嘗試新的東西。

人在旅途有一種被釋放般的自由，因為在旅途上永遠只是一個過程，在過程前面可能有很多種結果，你不必現在就做出抉擇。而一旦到達某一個終點，結果就是明確的一個了，那麼你就得重新開始面對很多並不輕鬆的東西。

人在旅途，我們可以一直走，我喜歡這種狀態。

冬日的海景旅館

冬日的海景旅館坐落在濱海的一二七號公路旁，兩邊雖然稀稀落落地有幾幢豪宅，但仍掩不住一份空曠寥落。這家旅館已有近百年的歷史，曾是一所私宅，後來可能是主人家道敗落，他去世後，子女將私宅出手，才被改建成旅館。取名「海景」（Ocean View），是因為兩幢主樓面向大西洋，居高遠眺，視野開闊。坐在陽台上，前方及左右兩邊都是海天一色，的確是賞海景的好地方。據說這裡到了夏天人滿為患，冬日一天一百零九美元的房租在七、八月份時會漲到一百九十美元，還要提前很久預訂。

然而，在冬日裡，海景旅館顯得有點荒涼，荒涼得像是一個夢。

夕陽浸入海面以後，我在臨海的餐廳吃晚飯，透過落地的大玻璃窗，一片殘陽的血紅色由沙灘上折射過來，讓廳內的光線顯得有些曖昧。這是一座極為傳統樣式的高雅餐廳，燭台、桌布、餐巾紙，乃至窗台上的插花和壁上的吊燈，都依稀還有歐洲大陸的影子。可坐一百多人的餐廳加我在內只有兩桌客人：另一桌是一對老年夫婦，他們顯然已經用餐完畢，正手握著手無語地對著窗外逐漸陷入黑暗的海面沉思。鋼琴師為我們三人工作，流動的琴音似有若無，就像乖巧的侍者一樣，你不四處尋覓就不會來頻頻打擾。

窗外已經完全黑了下來。不知什麼時候，那對老夫婦已經結賬離開，偌大一個餐廳只剩下我一個人和桌上的一盤澳大利亞羊排，一瓶紅酒。就連琴聲也停止了，彷彿可以聽見海潮拍打岸邊那堆亂石的濤聲。在這個殘冬的夜晚，在這座幾乎空無一人的海景旅館內，我忽然覺得體會到了一種身在異國遠方的幸福。對，不是因為在異國而淒涼，而是感到幸福。

因為真正的遠離曾經熟悉的一切，因為難得地享受真正的寧靜，因為在昏暗的燈光下微醺的那種溫暖，因為與海這麼近地坐在一起，而幸福。

那天

那天我穿了一件燈芯絨夾克，前後左右都是燈光和人流，我沒有喝酒的慾望也不想抽煙，只想在人流中匆匆走過。秋末的城市裡落葉已堆滿了牆角，我被寒氣逼得把臉埋在領子裡，沒有一個酒吧肯為我打開茶色玻璃的門。那天我好像記得我有屬於自己的姓名，我覺得在高樓大廈的陽光下四季都一樣，所以也沒有太留意行人都穿了些什麼。

那天我忘了要去什麼地方，在地鐵上打了一個盹，醒時已是黃昏，我走上街頭的時候街燈已經亮了。我突然很奇怪地發現耳旁有薩克斯風的樂聲（當然也許是單簧管或小號或排簫），反正我感覺有什麼東西鑽進了我的耳朵，那是一個慢慢滲透的過程，就像是每一個讓時間慢慢滲透的日子滴下斑駁的水漬，所以我恐怕永遠也想不起要去的地方了。

那天我一個人沿故宮的牆下走過，孤寂的腳踩在落葉的臉上。我不認為自己正在憂鬱不堪，以至於不像我幾年前那樣愛說愛笑，可是隨便地向四周瞟過去，我眼前完全是陌生的人和陌生的物體，也可能有更豐富的商品擺在貨架上了，要不然所有的人都是孿生兄弟。這使我想起我應該有一間小屋，應該在手邊有一杯咖啡和一本《花城》，還想起許多童年時的記憶。結果那天我繞著故宮走了五圈半。

死與不死沒有什麼不同

我記得我是在剛出街口的時候，被一輛二〇二〇型號的白色吉普車橫空出世一般地撞死在十字街口的，臨死的時候我只記得鼻孔裡曾吸到一縷淡淡的罌粟花香。這種香味我已經很久沒有聞過了，所以我在臨死的瞬間，非但沒有感到絕望或驚慌失措，反倒彷彿浸身在一片無望中不期而至的幸福中。我在死之前想到的不是對生前的愛人的殷殷期望，而是誰也想不到的一種回憶，這種帶有淡淡的甜味的回憶是有關中國西部黃土高原的一個簡陋而光芒萬丈的小村莊的，它的內涵連偉大領袖毛澤東的滿腹韜略都無法比擬。我記起那是在一個炎熱的夏季：所有村邊的池塘裡都乾涸得翻起青蛙灰白色的肚皮；知了的叫聲填滿了每一個面色枯黃的鄉下人那深淵一般的眼眶；天空中那一朵朵薄雲懶洋洋地從臨國的邊境上飄過來；一支沒有歌詞的民謠頓時在悶熱的氣溫中，充塞了我記憶的每個角落。那曲調使我想起我以後會遇到的各種命運的可能性，譬如會在某一個冬天的下午，在剛出街口的時候，被一輛二〇二〇型號的白色吉普車撞死在十字街口。當然我知道這是我的一種臆想，它可能永遠只是作為思想的一部份而存在。就像我那些五年以前以鮮血作為靈床長眠在六部口（編註）十字街頭的同學們，把生命寫成了某種文字性的東西一樣。是的，正是因為想到了這一點，我才覺得死與不死沒有什麼不同。

編註：六部口為北京的一處地名，離天安門不遠，是「六四事件」裡中國軍隊開始以武力鎮壓的地點之一，許多學生與北京市民死在六部口。

我只是走

我知道我是走在伸手不見五指的路上。星光依稀而黯淡，彷彿只能在遙遠的天邊無力地證明自己的存在。而陽光，簡直成了夢想的同義詞，在這樣的路上，光明是烏托邦。

這種黑暗是適宜於某些生物的：狗吠聲一陣高過一陣，它們喜歡這樣的沉悶；地下的荊棘伸展開來，把尖刺密佈成一張獰笑的臉；蝙蝠搧動雙翼，發出尖銳而高亢的嘶鳴。從這裡或那裡，不時地出現嶙峋的怪石，甚至是枯骨一般的手臂。悶熱，一切在沉悶中癲狂。在這樣的路上，不可理喻成了正常。升騰即是下沉，左拐就是右轉。嬰兒背誦《詩經》，而垂暮者卻蹦蹦跳跳。在這樣的路上，我毫不感到驚訝，老托爾斯泰在《戰爭與和平》中說過：上帝讓誰滅亡，必先讓它瘋狂。

我只是走，沒有路標，可以憑藉人類的直覺，還有路邊一具具已經倒下的屍體，死者那僵直的手指，仍不屈地指著同一個方向，千年的淚水仍淹沒不了這一執著的姿勢，並最終會侵蝕掉腐肉，露出白骨的光芒。

在這條黑霧瀰漫的路上，在同行者不斷陷入泥沼的呼叫聲中，在恣肆的陰風吹撫下，我只是走，我沒有淚。

風化的雕像

一直到汽車的轟鳴聲把我從恍惚中驚醒，我才想起我就這樣目不轉睛地盯著那位老婦人已經很長時間了。這位老婦人靜靜地坐在山鎮小街街頭的一幢破敗的石屋前，溫煦的陽光一直從對面的山坡流淌到她核桃一般的面龐上，並且在兩眼混合的目光中浸入了一層金黃的顏色。我第一眼看見她時就有一種奇怪的感覺，彷彿她已經在那裡坐了幾百年，甚至也許就是一座風化的雕像。可是我分明見到生命力的絢麗光彩在她的眼中閃耀，她的雙眸像一池掩映在草叢中的深邃的湖泊，定定地投射出歷史般悠遠的目光，聚焦在雲霧中忽隱忽現的遠山山峰上。像那樣平靜的目光我只是在小說的描寫中見過，一旦真的見到，頓時感到時間的直線被彎曲而且拉長。白雲蒼狗般變幻的世事像幻燈片一樣在老婦人的眼中慢慢滲透出來，把它浸泡在回憶的溫水中，而那如目光一樣平靜的面容，正因毫無表情而讓人浮想連翩。於是所有的人聲喧嘩與犬吠牛鳴在刹那間變成了晨鐘暮鼓在黃昏後松林中的小徑上飄散，令我的心為之停頓，剩下的只有片刻的恍惚。

水一般的春天

晴朗的日子裡我想起雨季。

那是一條被雨水沖刷得如鏡面一般的大街，偶爾有飛馳過的汽車濺起跳躍的雨線，彷彿拉出一條透明的白虹；那是似乎已十分遙遠的過去，一個面色蒼白的少年，走入現代都市與傳統文化的奇特交融之中，在時空變幻下不知所措。我是一個牧童，還是一個都市少年？銀亮的樹葉在雨中輕顫，只有蕭蕭的雨聲與之相伴。

那是一座在雨霧中迷朦莫辨的青山，翻出漿黃色泥土的小路濕滑難行，一把竹傘撐開了一扇面山的窗，卻閉上了一顆濕漉漉的心，那是暗夜裡的燭光，閃爍的四壁上投下扭曲的倒影，松濤陣陣中冰涼的雨點沁入房內每一處空間，寒意溫柔地刺入迷茫的雙眼，在痛苦中釋放出一縷快意的輕煙。

那是無邊稻田中一幢紅磚小樓，是一片被雨打濕的綠色庭園，有隱約的公路傳來島外的喧囂，也有沉重地敲在午後雲下的鐘聲，那是水銀般流瀉的銀絲，眼中的季節青橄欖一般苦澀；大雨過後的餘音飄揚下白色的柵欄裡，所有的塵煙逐漸沉落，積聚成藍天下半寒半暖的綠島。

明朗的日子裡我想起雨季，想起落日下水一般的春天。

自己的風景最美

十八歲的那年暑假，從大城市逃出來，回到魯西南老家。傍晚的時候常喜歡牽上家裡那隻老山羊到野地裡去，不帶書，也不帶紛亂如雨的思緒。

同樣的一個傍晚，斜倚在一座破敗的小屋那冰冷的石牆上，老山羊勤勉地填著肚子，頭也不抬的吃相，令我放心地把目光伸向遠方，暮色漸漸地籠罩上來，天邊幾抹晚霞燦爛地發出血紅的光，照亮出一片透明的雲層，也把四周雜生的草叢染成金黃。野地裡沒有人聲，遠處傳來知了的嘈嘈切切鳴叫，反倒襯托出空間的靜謐。微風拂動草叢，發出輕輕的沙沙聲，伴上羊兒嚼草的「咯吱咯吱」聲，單調中透出安詳的氛圍，忽然感到周圍的一切是如此的美麗。感到晚霞、雜草、蟬鳴，還有寧靜，共同構成了一幅風景，而這，是我自己的風景。

也許同樣的景象到處都有，鄉村的野外實在也是很一般的。但我坐在這裡，用了我自己的眼凝視這普通的景象，用了我自己的心感受獨特的氣氛。這難道不是只屬於自己的風景嗎？於是我想起一句話：自己的風景最美。

北京的大小風景差不多都去過了：圓明園的冬夜那份蕭瑟淒涼；香山的秋日之晨，看遍坡的紅葉與朝陽爭輝；櫻桃溝底，野溪潺潺的清爽；還有八達嶺的極目遠眺，漫天白雪與朔天共舞。都曾使我心蕩神馳，不能自己。到外地去，不論是北戴河海濱的白浪排空的氣勢和天高地迴的寥闊；還是上海外灘的夜晚黃埔江上的星群般明滅的燈火的溫馨；不論是雞公山松濤如潮，白雲繚繞的空渺，還是船行長江時那「千里煙波，暮靄沉沉楚天闊」的遐思，也都曾把我的心帶人靈幻一般的境界，彷彿身在宇宙之內，心在八荒之外。但這一切，比起那一個傍晚在野地放羊時的感受，總覺得少一些什麼。

二十三歲的時候身陷囹圄，又是同樣的一個傍晚，樓道裡靜謐近乎肅穆，點上一支煙，靜靜地靠在床上，看窗外天邊，又發現了同樣的晚霞與暮色，聽到了同樣的蟬鳴，感到了同樣的靜謐，心裡忽然一動，明白了一件簡單的事實：與自己的風景比起來，其它所有的風景給我的感受中，都少了一些最基本的東西：內心的感動。想起了野地放羊的時候和憑窗遠眺、默默無際的此刻，雖然面對的不是名川大山，而只是普通的，也許別人誰也不會留意的一個小小的自然角落，但心裡慢慢地湧出一股莫名的感動。覺得周圍的一切是那麼親切、自然，彷彿與自己的身心融成了一個世界，分不清是我在風景中靜默，還是風景在我的心中靜默。於是覺得不管有過多少風雨坎坷，總能有這樣的一個時刻，這樣的一片風景撫慰疲憊的心，縱然面對無數的冷眼和隔膜，也總有這種不需要理解的與外物的默契。在孤獨寂寞中能尋找到這樣的精神家園，誰能不油然而生一份內心的感動呢？

名山大川的風景可以是自己的，也可以是別人的，只有自己的眼睛發現的風景只屬於自己一人，也只有自己的風景能使發現者品味自己的一份感動。而美的感受，不正是以感動為基礎的嗎？是的，自己的風景最美！

一九九二年八月一日於北京第二監獄

不一樣的天空

我一次又一次想起屋檐、窗櫺、瓦楞，那普通得似乎毫無顏色的平民生活。

在北方想起浙東古鎮的青板路和油紙傘是一種嚮往；而在南方想起北方的冬天，則是一種歸宿。這種發自靈魂深處的依戀，這種永不淡漠的懷想，就像雪後的一剎那靜寂，把時間封凍在一個前生注定的永恆點上，讓它時時刻刻感受著一種赤子情懷。

或許，所有銘刻於心的情愫都是萌生於一個不知不覺的過程之中，在成長的歲月裡，時間會隱秘地在心中栽下一棵棵紅色的罌粟。我無法清理一切美好的回憶，只能用一些支離破碎的物象勾勒出一個模糊的輪廓：側懸在古都西部天空的夕陽、流水一般的下班人群、灰濛濛的天空和一張張茫然的臉、炎熱的黃昏裡跨車少年的沉默……。

或許，清晰就是一種破壞，而模糊正是一種溫暖。什麼時候我們可以不再用理性的心去度量周圍的一切，而以感動的雙眼去回味極渺小極普通的事情，那時也許就會有新的思想開成青翠的花朵，一掃舊日精神家園的枯黃荒敗。

我反對到傳統中去尋找資源，但人生和世事有著不一樣的天空。我慶幸在出發時能點燃一堆篝火，使我在遠行的路上可以一再回首，一再從遙遠的火光中重新發現自己。

如風般掠過

在人生的旅途上，有很多機遇，我們會在無意間失之交臂。有很多本來可以相濡以沫的知音，卻如驚鴻一瞥，在繁忙的世務中倏忽掠過。這時你會感到心痛，知道一段珍貴的相互溝通正在隨風而逝，但卻無可奈何。

比如說認識M的那個晚上，我就有這種清醒中的無奈感。

記得M不喝酒，只是用修長的手不斷地為我和A斟酒。不需要太多的寒暄，在台北這個酷熱的深夜，這個五星級飯店的酒吧內，我們默默相對，無言，也不需要語言。那時A還沒有對我披露與M的戀情，但我已經可以隱約地察覺出他們二人之間的異樣情感。那應當是導致我蓄意麻醉自己的最直接的原因——但我終於沒有醉。所以我清晰地記得，M是如何介紹自製的筆記本扉頁：一個手印，吻合那纖秀的五指。

然後我離開，大敗而歸。不知道為何而戰，更不知道勝敗的標準，只知道內心深處的挫折感，如春蠶噬葉，一寸一寸地啃食我的快樂。彷彿早已經預見到的噩耗，終於出現在眼前，儘管已經有了充分的思想準備，但一旦面對，仍免不了驚心動魄，令我深夜茫然。我用了一整夜的時間，穿梭在燈紅酒綠之間，只為了重新穿戴上盔甲，可以抵擋潮水一般湧來的寒秋心情。

後來陸續聽到一些關於M的消息：與A分手、信基督教、自己說改變很多但內心平安……。每一則消息都令我墮入一遍遍的冷熱循環之中，在足以擊敗幻想的理智下冷靜地給M寫言簡意賅、客觀公正且溫柔敦厚的回信。感覺自己像極了兄長，恪盡職守地在弟妹面前扮演自己的角色，只有在月明星稀的夜晚，才會淚如泉湧。

有多少這樣的類似體驗，曾經如風般掠過。當耳邊風聲依舊的時候，我想我們至少可以給自己一個小小的安慰——在風中，我們曾輕輕地吟唱過。

弦歌初起

我一個人在路上，滿眼的星光迷離。

忽然想起那年雪落的那一天傍晚，夜色沉沉，滿帆的風吹動在江水中起伏的木船。空蕩蕩的心間驀然升起絲絲縷縷莫名的輕鬆，恍惚是在林海間的石桌旁，山風颯颯，林木蕭蕭，而不知不覺目光已如水，濕潤的靜寂中，弦歌初起。

弦歌初起，我因風鼓蕩的白衣在黑夜裡翩如驚鴻，目光也是，只有雙翼上斑斑點點的是藍色的星，閃爍出一片冰涼的溫柔。逶迤的石徑在身後盤旋成網，套住沉默中的無奈，而青蘋果連袂而至，飛落竟如秋天裡的綠雪，在枝頭鋪成寫滿稿紙的舊情。

我一個人在路上，發白的行囊中滿載回憶。

總有這樣的時候，輾轉奔波於機場與火車站之間，目送好朋友一個個悄然而別。彷彿一夜之間，都市子夜的環城大路上，華燈齊上，映出自行車上的煢煢身影，無語獨行。也曾佇立在人潮之中，任左右的碰撞在心中發出「叮咚」的回聲，熙熙攘攘的市場頓時如曠野。不經意間撥動生鏽的那根琴弦，於是悠揚……

我一個人在路上，落葉在腳下的風中旋轉。

曾想為自己的行程設立一處站牌，讓溫暖的燈光羈絆機械的步履。而當第一百遍重複誓言的時候，目光又已到了窗外：只有月彎如鉤；只是花滿西樓；只見四季交替在歲月遞嬗的河流中；只聽弦歌初起。

3

腳步聲交錯在樹影之中

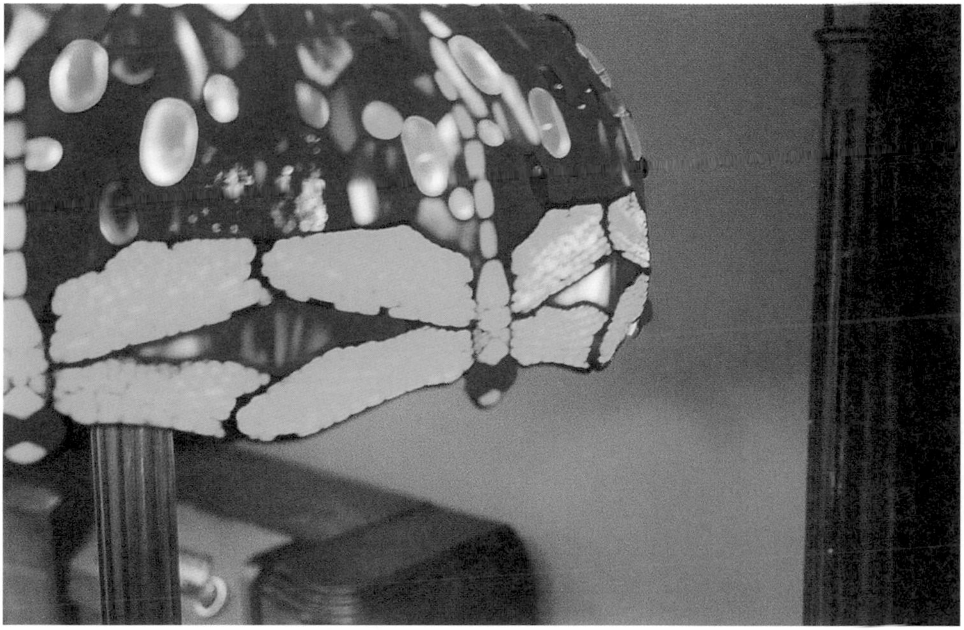

斯人獨憔悴

周末的哈佛廣場熱鬧得令人咋舌：人潮洶湧，人聲鼎沸。因為人群中大多是青年學生，街上因而充斥著青春的繁榮，彷彿連空氣都為之騷動不已。尤其是到了夜晚，歡聲笑語令空氣發燙。在這個浮華世界中穿行，恐怕很難有出世的感覺。

然而，每當我從停車場取車出來交費時，那位多少年如一日堅守在收費亭中的收款員，總讓我禁不住生出一絲與環境格格不入的荒涼，想起那句古詩：「冠蓋滿京華，斯人獨憔悴。」

人，是很普通的人，典型的美國佬，其貌不揚。但在周圍世界的浮騰喧鬧中，一盞白慘的燈光映照下，他總是那樣沈默地坐在亭子中機械地重複同一動作，那麼煢然，那麼安靜。任牆外的熱鬧穿牆而過，背景音樂一般無意義地嗡嗡作響，而眼前的世界卻如遠隔千里，靜得天地無聲。這是一種詭異，詭異在環境的鮮明對比。它類似時空下的隱然轉折，如神龍擺尾般將另一番體驗甩到我的眼前，讓我每一次都幾乎是措不及防地聽憑心情大起大落。

這就像也是波士頓本地人的愛德華・哈柏（Edward Hopper）的畫：每一張都是光線與色彩的鮮明對比，在光線的聚焦中透視內心的荒寂：在小酒館的溫暖與廢墟般死寂的街道中，找尋撕裂的和諧。這種不經意間怦然的心動是生命體驗的極致，哪怕是淒涼，也因其哀婉而絕美。這也是為什麼那麼多以藝術為筆描摹心靈的人會為之而上下求索的魅力所在。

把那個人從收費亭的環境中抽取出來，他就只是一個蒼白的存在，我們每天面對無數這樣的存在卻無動於衷。可是在這樣對比鮮明的特定環境中，他就成了令人駐足的一幅畫。人往往就是這樣被環境賦予意義的，這也是一種無奈吧？

活在校園中

我相信每個人對自己的生活環境都有特殊的偏好，有的人喜歡住在大都會；有的人則寧願定居在鄉下；有的人對集體生活戀戀不捨；有的人則更希望單獨生活。我的偏好是校園。

偏好是與成長的過程有關的，因為父親在北大教書，我的童年有很多記憶是在校園中留下的。之後就一路生活在校園中，直到搬進監獄。到美國以後，又一頭扎入哈佛。算起來在我三十多年的生命中，大部分時光是在校園中度過的。

這使我只有在校園中才會覺得更自在。記得在北大讀書時，家住在城裡。很奇怪地，每次進城回家，一登上公共汽車，就感覺好陌生，彷彿到了另一個世界，很不習慣。而每次一回到學校，哪怕是剛一踏入校門，就會全身一下子放鬆下來，感覺上自在多了。

其實校內與校外只有一牆之隔，同樣是人聲喧雜，我自己也總結不出具體的區別在哪裡、有多少。那只是一種感覺，一種長期的習慣培養出的適應性，就像一隻蝙蝠，只有在昏暗的山洞中才知道方向。

有一回去另一所大學參加活動，休息時在校園中閒逛。這是一座毫無特色、環境也不優美的校園，宿舍與教學樓橫七豎八地隨便排列，光禿禿的樹枝與房屋相映成「灰」，怎麼看也不像一座「象牙塔」。可是我會突然地產生一種莫名的親切感，恍如在北大一樣。天下的大學都是一樣的，哪怕建築、環境再怎麼不同，那氣氛、那感覺卻如出一轍。

我想我是在成長過程給慣壞了，所以只適合住在校園內。這種習慣會給我一個內心踏實的外在環境，這一點比什麼都重要。

我把我的心得分享給一個朋友，他很不屑：「你怎麼一輩子長不大？」

我笑著踢了他一腳：「管得著嗎？」

有些事情永遠不會老去

風風雨雨地走過來，我總以為至少得到了一條經驗——時間會沖淡一切。總以為世界上沒有過不去的門檻，一切曾經為之迷茫、為之落淚、為之痛徹心肺的往事都會在時間中塵封至老，我們可以逐漸地淡忘、淡漠，直至那些縱橫闌珊的痕跡完全消失，心裡因此而踏實了許多。

但現在真正消散的是這份踏實，因為其實那些東西居然是不會隨風而去的。有些傷痛就像長入心中的盤根古樹，枝椏虬勁，根鬚蔓長，它永遠地縈繞在記憶中，時時會切入思維，提醒你曾經發生的一切。並不是我們想做什麼就可以做到的，遺忘就是如此。

沒有什麼比這一點更令我無措的了。當你渴望的一切已經完全不可能了的時候，當因此而來的絕望如潮水一波一波地撞擊你的時候，最好的逃避就是遺忘。能夠遺忘，也是不幸中的萬幸。可是如果無法遺忘呢？那就成了不幸中的不幸。你就必須面對現實的殘酷，咬住牙去經受折磨；而更可怕的是你也許根本就不知道這種折磨到什麼時候結束。這就像一個被判終身監禁的犯人，死也許是他最好的解脫；可是他已失去了死的權利，只能一天一天地面對不知刑期的牢獄生活。還有什麼比這更殘酷的嗎？我坐在露天咖啡座的樹下，夏風起處，落葉掉進了杯中，你根本不可能預料到它的發生。同樣，我們也不可能預料內心的傷口何時才能癒合，因為畢竟有些事情永遠不會老去，它們與時間共存。

體味寂寞

當寂寞是一種無奈之中的必然時，它就成了一種可以體味的意境。就像在秋雨聲中體味心中的蕭索一樣，寂寞也可以體味，而且是隨時隨地可以體味的。說它是一種意境，是因為那個時候全部的思緒都化為空白，紛繁的現實可以暫時成為虛無，只剩下寂寞，像空氣在頭腦中，在心裡飄浮游蕩。是啊，誰說感情不會徘徊，寂寞就是在身邊走來走去的不明伴侶。

有一首歌現在只記得歌詞的四個字：寂寞難耐。又記得古羅馬哲學家塞尼加的話：「願意的，跟著命運走，不願意的，命運拖著走。」所以常想，如果寂寞已經成為命運，也就不存在難耐不難耐的問題了。它成了生活中的一部分，而生活中的每一部分都是應該去用心體味的。所以哪怕寂寞是一劑苦不堪言的中藥，也應該在心靈的舌尖細細地品嘗，而且一遍又一遍。

體味寂寞，就是當萬民歡騰，人人興高采烈地歡度新春的時候，找一間遠離塵囂的小屋，一個人安靜地躺著，不必放一段鋼琴曲，甚至也不必撥動琴弦彈幾個和弦，只是讓靜謐於無言中化為白色的雪，於是什麼也不想。體味寂寞，就是跟大家一起又說又笑，高歌縱酒，揮灑自如，可是突然間心裡一緊，感到四肢一下子疲軟無力，眼前的世界似乎瞬間有些朦朧。體味寂寞，就是一枝煙，從點燃到燙著僵硬的手指，始終沒有吸一口，就是看窗外的天色從漆黑到蛋白到明亮；就是面前擺一疊稿紙，坐了兩個小時，一個字沒有寫下。

寂寞是需要體味的，這倒不是因為體味的價值有多麼高，而是因為這是無法迴避的抉擇。選擇了愛就是選擇了痛苦，選擇了事業就是選擇了疲憊，而選擇了生活，就是選擇了寂寞。

世上有四種事物是我們無法左右的：客觀環境、命運、自己的內心世界、他人的情感。而當這四種事物錯綜交雜在一起時，我們只有以無奈的淡泊任時光牽曳凝滯的思緒。常常想，是否這也是一種對寂寞的體味呢？

體味寂寞的時候，月光如水，人影如樹……

兩種傷口

有兩種傷口。一種是肉體創傷，它形成時痛入骨髓，然後逐漸癒合。傷好後一切如舊，不論如何觸及，都不會再有絲毫疼痛。另一種是精神創傷，心靈上的傷口。這種傷口當時可能令人麻木，並不十分感到痛苦，但是隨著時間流逝，它緩緩植根在心中，愈埋愈深。多少年之後，我們仍不能觸動它；一經觸動，它的痛苦會瀰漫於心，令人不知所措。

對於前一種傷口，我們會在癒合的過程中十分小心，精心地照料以免它復發。我們會每天感受它的存在，每天承受它帶來的痛楚，並享受它一天天癒合帶來的快樂。但是傷口好了以後，我們也很容易忘記這個癒合的過程，似乎一切都沒有發生過。

而對於後一種傷口來說，是沒有一個癒合過程的。但我們清楚地知道，一切都發生了，一切都改變了。在開始的階段，我們甚至不知道這個傷口的存在。我們也有憂鬱，乃至痛苦，但我們還無法辨清什麼是真正的、埋藏在心中的、更大的痛苦。然後我們會以為一切都過去了，我們暫時地騙過了自己。但是忽然有一天，一個似曾相識的背影、一曲蕩氣迴腸的歌聲、一張並不陳舊的照片，甚至哪怕只是一個普普通通的下午，我們的傷口會隱隱作痛，一切以為已經過去了的東西如潮水般淹沒了自己。我們感受到了殘酷的現實，我們不能再欺騙自己，我們彷彿被強力拋到了我們心中一直在迴避的地方。這樣的傷口永不癒合，它只是時隱時現。這樣的傷口成為記憶的工具，令我們永誌難忘。

回憶，讓人悵惘又充實

回憶是多麼奇怪而令人回味無窮的一件事啊。它往往毫無規律，在你最不經意的時候悄悄地包圍過來，於是生活似乎定格在某一時刻，並緩緩地向後退去。這使我想起一列火車，在車頭噴出的濃重白霧中，倒退著把乘客拉向遙遠的群山中。

有這樣的感慨是在一個下雨的上午，天灰濛濛的，只有雨聲時緊時鬆，其他一切單調而平靜。就是在這種淡淡的時候，回憶如黃鐘大呂，氣勢磅礴地漸次展開。那些我刻意回想也想不起來的往事一一展現在面前，那生命中曾有的很多東西：短暫的輝煌、無意中發芽的苦果、長久的期待與忍耐，還有海鷗、雲霧和琅琅的讀書聲，挾著清新的泥土氣息自窗口飄入。任你甩甩頭想逃避這分難耐的情懷，還有想把心思轉回到手中的書上，這分回憶都仍然是瀰漫進來。對了，只有瀰漫這個詞才能最形象地描摹回憶的形狀，而回憶的顏色就根本不能以任何已知的詞來形容了。

我常常發現時間過得實在太快，在你還來不及為一時的矯情而懊悔、哀怨，更來不及一把抓住從身邊流走的幸福或激情的時候，回憶已經開始成了年輕的反忖。它像盤石壓在樂觀主義者的肩上，這是一種義無反顧的沉重，讓人悵惘而又充實。

沈重的空虛

人有時是會感到空虛的。

空虛是理性賦予人的一種本能。無知的人很少有無聊的時候，他不會有心靈的安靜，更無從在瞬間而過的風聲中聽到一些其它的意義。當我們對自然界的挖掘一步步深入的時候，就會感到未知的範疇也在一步步擴大，思考的邊緣在視野中模糊乃至消失，漫無邊際的朦朧如潮水般浸過來，希望的燈塔且遠且近，捉摸不定。一個認真探究自己與世界的人是無法迴避這種茫然的，於是空虛誕生了。

美國心理學家馬斯洛把人的需求定為循序漸進的五個階段，他認為最高一層就是自我實現的需要。自我實現者就會不感到空虛嗎？空虛說到底不是指本體自己擁有的多少，而且指對外界的未知而產生的心理狀態，因此空虛是每一個人避免不了的。但是空虛對於大多數人來說是一種痛苦，而對真正的思想者而言卻僅僅是一種無以評判的精神狀態。這是因為前者身處空虛之中而不知，背負雙重空虛的重負；而後者清醒地看到自己的處境，並視為一種對生命的體驗。

接受還是拒絕是至關重要的。當我們不再迴避的時候，空虛中就注入了思想的重量。沉重的空虛就如同鋪路的甬石，促使人踩著它冷靜地向前走。

苦難的產物

在我少年時的心目中，憂鬱是一種高尚的品質，一種只有貴族才有的氣質。那應該是一個殘陽如血的黃昏；一個桔紅色的落日把庭院浸染成一片金黃；一片儘管蟬聲四起而仍對之印象深刻的靜謐；一曲悠揚得幾乎聽不清旋律的風琴曲。在這種氛圍中，一個清秀冷峭的詩人產生的一種不期而至，隨後漲漫於心中和眼裡的感受，我曾將憂鬱看成是思想的蜷伏。

現在我以一種平和的心態接受這樣的現實：憂鬱作為一種氣質，已經很珍稀了；而成為一種情緒，則完全不必那麼貴族化，那麼理想主義，那麼浪漫，憂鬱在生活中的確是無處不有的。它可以是長期的苦難磨礪下自然形成的思維習慣，表現為所有因無奈而濕潤的日光，所有對現實表示承認的冰冷的理智，也可以是作為自我保護機制的一種存在狀態，用以維繫內心世界的平衡與穩定，用以抗衡紛擾的外界所帶來的一切。

在現實生活中，事實無情地破碎了我少年時玫瑰色的夢幻，它以生硬的確鑿性和不可抗拒的壓力告訴我：憂鬱依然存在於人的心中，但已不再是那麼美好的令人迷醉的情緒，而很簡單地，它成了苦難的產物。

心願

記得上小學的時候，我一心想當一個太空人，駕駛太空梭去探索茫茫無際的未知世界。現在想來，這種生涯吸引我的顯然是星群中的神秘，這是一種孩子們都有的好奇心，從神秘中獲得充實。上了中學以後，希望成為一位作家，曾寫過小說和散文，心底裡暗暗嚮往諾貝爾文學獎。後來則願意是個詩人，用筆謀求一個自由的心靈。上了大學，當然是期望成為一名學者，一位在某個專業領域裡有所建樹的學術權威。年輕的浪漫已經開始逐漸褪色。

現在已經不再有什麼浪漫的想像了，只希望活得充實，如果可能，也要活得溫馨。最好有人陪伴，有人理解。在事業上的心願就是想為社會的進步盡一己之力，把自我實現的過程融入到整個社會走向現代化的過程之中。如果說這麼些年了，總應該有點什麼人生收穫的話，那就是明白了一個道理：不管追求什麼目標，人總要有一個目標。能不能達到它，其實是無所謂的事，重要的是努力地做。人生的意義就在於這個過程之中，每一分鐘都是這個過程的一部分。我就是靠這個信念經受住了幾年的獄中生活的折磨，而沒有被壓抑、無望和枯燥所摧毀，我也將靠著這個信念活下去。

對我來說，該走的路已經很清楚，我已經找到了自己在時間和空間中的位置，尤其是在歷史中的位置。因此我的唯一心願就是走好自己的路，我終會有休息之時，那恐怕就是每個人都不可避免會面對的事實：以墳墓為歸宿。

童年的歌

有兩首歌深深地印在我腦海中。

一首是電影《小街》的主題曲。《小街》上映時正是中國剛從「文革」的夢魘中走出來，舔舐好傷口，著手重建精神家園的時候。在長達十幾年看不到銀幕上的人情與溫暖之後，聽到悠揚抒情的曲調，真如沙漠中的甘泉一樣清冽。當時我還只有十歲，但社會上那種整體性「新生」的氣氛，也是能夠感受到的。每當這首歌的旋律響起，我的思緒就會飄向八十年代初。

一首歌就是一個記憶的符號，書寫在塵封的歷史中，任歲月流逝而歷久彌新。

有一首名為《海鷗》的兒童歌曲，我已忘了歌詞和全部曲調。但開頭那句「海鷗、海鷗，我們的朋友」有著神奇的功效，能一下子把小學時的記憶從遙遠的過去拉近。之所以忘不了這首歌，是因為我曾作為合唱隊的一員反覆排練過它，更是因為它能把我帶回童年。

我總覺得，再悽慘單調的童年在每個人的心中也是美好的。童年的心因其單純明亮，而壓抑了外在環境的險惡坎坷，所以再醜的東西，用童年的眼睛也能看出美來。

所以我慶幸我還記得這兩首歌。它們隨時會在不經意間冒出來，提醒我不要對一切絕望。

年年煙花催人老

這話從我口中說出，會惹來很多竊笑：憑你？也說老？

可是，「老」這個字，不一定僅僅指年齡。何況，就是從年齡上講，三十三歲的人，對十七、八歲的少年說一個「老」字也不算過分。

「老」，可能只是一種心情。

寒風中看查爾斯河畔一年一度的新年煙花，波士頓的夜空一瞬間晶瑩透亮。那時的心情，就只有一個「老」字可以概括。尤其是當你想到，時光如白駒過隙，閃電一般從眼前掠過，今年的煙花分明有幾束與去年一模一樣，而去年今日，又如同昨日今時之際，除了感慨還能有什麼呢？難道還學七歲兒童，歡蹦亂跳嗎？

「老」，也並不一定就是一種灰色的人生觀，那只是一種無色的東西，是一種簡簡單單的認知，和承認。倒退回十年，元旦好像總是有些什麼意義，就是在青草中也能找到八千里江山如畫的年齡，這樣特殊的日子總會有些雀躍，雖然其實莫名所以。現在很清楚地知道，十二月三十一日只不過是一月一日的「昨天」，如此而已。這大概也算不上什麼頹唐心境，只是無可迴避地世事練達了一些，儘管總有些心有不甘。

其實心有不甘，最能凸顯人生的困境。就像「老」一樣，多半是被催成的。如果沒有不可抗拒之力，很少有人願意「老」的。但煙花一年一年放過，眼看著物非人非，眼看著花開花落，自己的記憶力突然下降，午夜篝火的興趣也蕩然無存的時候，你還不承認一個「老」字，其實又有什麼意思呢？只是不甘心，並不能改變什麼，甚至，連自己的心境也改變不了。

我有一位忘年交，他已經六十出頭，但最愛與年輕學生玩在一起。有一次我們爬山，他很自然地落在最後，那種「心有餘而力不足」的神態令我不忍卒視。人，有的時候真不知是何苦呢？

元旦之夜，我依慣例上網、寫日記、洗漱、睡覺。忽然想到，明天，就又「老」了一些了。

讀一個人

小星坐在Starbucks寬敞舒適的沙發裡，環抱雙膝，整個人蜷成了一朵花。在Latte裊裊上升的咖啡香氣中，她一臉的神思恍惚。小星一向開朗大方，像個男孩子一樣很陽光明媚，今天卻有點奇怪。我知道是為了她的男朋友——松鼠。松鼠也是我的朋友，是我介紹他們認識的。

「我在一字一字地抄他那本書。」小星突然開口。我知道松鼠那本小說集，厚厚的，有十幾萬字。

「為什麼？」

「送給他作情人節禮物。」

我無言。

「我想讓他知道，我是在用心愛他。我想用這種方式讀他，也希望他能讀懂我。我用了一個月的時間，每天兩個小時，一共用盡八枝圓珠筆的筆芯。當我這樣做的時候正是咱們這裡最冷的一段時間，但我心裡很平靜。我並不以為這種方式可以成為獲取愛情的工具，我只是覺得，愛一個人——哪怕不知道他愛不愛我——真好。」

我仍然沒有說話。窗外已經是黃昏了，街燈依次亮起，在車水馬龍的人流中大概有一半是向著溫暖而去吧？在一天的疲憊之後，他們也終於會有一份可以依靠的，雖然陳舊但因歷經風雨而堅固的眷戀。他們是不是也曾經，或者正在讀一個人呢？

那被讀的人，在收到這份特殊的禮物時，會怎麼想呢？我轉向小星，迷濛的燈光下她的微笑像一支冬夜中的雛菊。

像流星一樣美麗

我的一個朋友在網上結識了一個女孩，雙方幾番通信後決定見面。初次見面的結果是他們發生了一夜情，然後那個女孩就翩然離去了。我這位朋友陷入失落之中，不能自已的困惑使他終日無精打采。

這是一個很簡單的故事，卻留下了一個很複雜的疑問——為什麼？那不是一個輕佻的女孩，她不會沒有感情而僅僅為了性才與他上床，但她從此消失在茫茫人海之中，決絕得令人不解。

其實生活中很多事情是沒有答案的。很多決定也是沒有理由的。如果我們一定要試圖尋找答案，不過是為了自我解脫而尋找藉口而已。自以為理性的求索反倒會導致錯誤的解釋，因此昆德拉才會說：「人類一思考，上帝就發笑。」

有些事，發生了就是發生了。它只要曾經美麗，哪怕如流星一般飛逝也仍然是有價值的。總會有些機緣與我們擦肩而過，即使伸手可得，也仍然隨風而去。這種像流星一樣的美麗令人嘆息，令人流連，令人癡迷，但同時也令人不知所措。如果我們想一想，這種美麗也許正是存在於飛逝之中，一旦抓在手裡，也許就會化為幻影，那麼我們可能會多少釋懷一些。

價值判斷很難有統一標準，正是因為它不可能擺脫主觀上的情感因素的困擾。所以與其一定尋找某種原因，不如換一個角度來看結果。即使幸福正一步步遠離我們，只要我們把遠去的背影深深地鐫刻在記憶裡，只要我們有勇氣揮一揮手說「再見」，那麼，哪怕是失落，也仍然是難得的風景。

一個人的故事

可惜我不會寫小說，否則一定會選這個人的故事為素材。

我們認識的時候還是高中生，他是學校裡有名的才子，文學社的社長。他偏科很厲害，語文成績出類拔萃，但數學和英語一塌糊塗，那時我們都不知道這是多麼危險的事。

用現在的標準說，那時的他整天很「酷」的樣子——很少笑，穿著隨便，不愛與人說話，種種表現給人「問題少年」的印象。但我們談得來，是因為文學。他高二寫的中篇小說《落葉嘯西風》在附近幾所中學流傳，廣受好評，令我自歎不如。

雖然如此，但喜歡他的老師和同學不多，她好像並不在乎，甚至還引以為傲。

很決就面臨高考了，三年同窗要各分東西。他不出所料地沒考上大學，只好走入社會，找了一份工作。我們仍然有連繫，但愈來愈少，我所知道的是，在生活的壓力下，他走上了「正軌」，工作、掙錢、結婚、養家，在業務涉及的社交圈內笑臉逢迎。像大部分人一樣，他很「規範」地活著。

但我知道這不是他的性格，他根本不是能夠左右逢源、世故圓滑的人。可是他無法逃脫地陷入了生活的重圍，萬般無奈地只好接受。

不久前他來信說：「常會在夜深人靜的時候感受到寂寞的痛苦。」這令我震撼，因為它不是出自少年的口中，而是歷練過滄桑的人所說。倒退回十五年前，如果他說同樣的話，會顯得輕飄飄的；但現在講出來，字字重如千鈞。他應當有十幾年不寫詩、不寫小說了，隨歲月而去的恐怕不僅有文學夢，還有更多的東西吧。

留給你一輪冬日的夕陽

如果能把所有的心事譜成一篇樂章，那麼第一個音符一定是奏響在那一年的初冬。記得那時窗外有十一月的朔風，吹得心如雪一樣的白。凜冽中似一管笛聲悠揚，便有絲絲縷縷的溫暖在心中織成一張藍色的網，這張網一直漫長到現在。

不能不驚訝地發現，四季就這樣伸展在身後；西風吹起的時候，我問自己，當《大約在冬季》的歌聲開始索迴之際，我能留給你什麼？

初識你感覺你心中有個冬天，在你和世界之間，你們共同砌起了一堵冰一般透明而寒冷的牆。你從牆內看世界，迷濛的雙眼中流淌出黑色的思緒，你把沉默鑄成一把鎖，拒絕做出任何承諾。我從牆外看你，心中充溢的不是同情。因為我見過太多的灰暗人生的例子，心上已經結出了抗拒軟弱的硬繭。因為我知道可以同情的是苦難，但絕不是痛苦。更重要的是因為，我曾有過同樣的沉默和冰涼的感覺，也許至今仍在心中盤結成看不見的紫藤，心情總能有個理由，但瞬間那種感情的衝動，是無法追究起始和結局的。所以我一直不能給你一個滿意的答案。告訴你有些事為什麼會成為可能。

我不想作一堆熊熊燃燒的篝火，也無力驅除包圍你的黑暗，我只想作一支蠟燭，在黑暗中以有限的明亮陪伴你。沒有完全無私的奉獻，友誼也是如此，但如果兩顆心能融合到一起，白私也不是一種溫馨嗎？所以我也渴望溫暖，渴望在我照亮別人的痛苦時，別人也能照亮我的憂鬱。但我知道什麼是人生，知道完美是可遇而不可求的藍玫瑰，知道 個人終生要在風雨中漂泊，就不應該抱怨命運的不測。所以，我不在乎你的沉默，我可以對那把心鎖視而不見。也許有一天燭光會漸漸隱滅，我將坦然地欣慰於自己能說：我不後悔，因為我曾經得到過。

是的，我曾經得到過，我能讀懂你的沉默和你躲閃的目光。對於我來說，這就夠了。我們每個人都不能向世界，向人生索取的太多。因為生命是有限的；在有限的生命裡，我們應該致力於發現生存的意義和價值。而要有這樣的發現，一次感動還不足夠嗎？

作為緣份，相聚是一種必然，正如作為考驗，分手也是一種必然。當命運的鐘聲敲響，我們必須暫時告別的時候，那個開始就提到的問題再一次擺到我面前：我能給你什麼？

我想起有一年深冬，我的心裡與外界一樣蕭索落寞。那時常常一個人去紫竹院冰封的湖邊，坐在長椅上靜靜地等待黃昏。當一輪夕陽懸在西天的邊緣口，那橘紅的陽光在湖面上反射出朦朧的輝煌時，周圍一片寂靜。我凝視著那輪夕陽，心中便感到無限的平靜。寒風中多少失意和悵惘，都融化在夕陽的光芒裡，只剩下我一個人：我也不再感到寂寞，因為我心中充滿了溫暖。我知道不管道路多麼坎坷，我也不必絕望。擁有夕陽是擁有一份希望。

如果感覺世界冰涼如同冬天，我會把真誠的關切留給你，希望它能成為一輪夕陽，一輪使你因為感受到一絲溫暖而不再對生活失望的夕陽。

一九九二年八月二十三日於北京第二監獄

只是一首短短的〈無題〉

寫在臉上的不會是寂寞，寂寞寫不到臉上。人盡可做出一副吃驚、痛苦、興奮、恐懼、疑惑、堅定……的樣子，但不可能做出一副寂寞的樣子。寂寞，是寫在心裡的一首短短的《無題》。

如果說寂寞是一面掙不破的網，我便是一條瀕死的魚。

抵抗孤獨

寫下這個題目就有如下筆千鈞，因為感覺一種沉重的悲壯。此時擺在書桌前的是一張自己剪貼的 Mild Seven 的廣告彩照，藍色的海洋泛起白色的波濤，同樣蔚藍的天空中一架銀光閃閃的飛機拖曳出長長的軌跡，海天相連處空闊遼遠。走入這樣的世界而感到孤獨，內心的壓抑似乎也有了一種與自然相匹配的美，這近乎嘲諷的真實勾勒出的不是一種潛在的悲壯嗎？

抵抗孤獨，就像抵抗這樣一種打擊：你不知道它何時到來，不知道打擊有多輕多重，不知道將持續多久，於是你隨時處在對未知的恐懼的戒備中，渾身繃緊，精神高度緊張，聽覺處於最高警戒狀態，觸覺在黑暗中向四面八方不停地試探。你知道隨時會投入戰鬥，隨時會向命運繳出生命之車的牌照，可是孤獨卻總是如夜潮，悄悄地彌漫上來，於靜寂中淹沒你設下的一個個意志堡壘，這種命運因為其不可避免的必然性而稱不上殘酷，因而成了一種悲壯。

孤獨是一生中的忠實伴侶。生命的泥途中印滿了兩行逶迤的足跡，一行是我艱辛的步履，一行是孤獨若隱若現的足跡。任孤獨扼殺生活中的青綠氣息是懦者的逃卻，我不願成為儒者，於是我抵抗。其實我心中明白我抵抗的正是不可抵抗的東西。可是我也同樣的清楚，我不能在抵抗中度過如花如月如夢如血的一生。

孤獨蔑視一切抵抗。我曾站在冬季的黃昏的窗前，看歸巢的烏鴉嘶叫著掠過被夕陽染紅的屋頂和樹梢，此時我感覺到孤獨的四足躡手躡腳地溜進房間，牆角擺成一堆的書和簡單的床褥成了心靈之盾，我只想縮入盾牌的背後。可是有風從屋頂飛過，用呼嘯掀開了盾牌，我只有赤裸於孤獨面前。於是我知道，孤獨來時，天與地都和它是同盟者。

但是我仍舊抵抗孤獨。我用疲憊的心去感知它，去觸摸它，我歡迎它入我懷中，爬滿每一縷燈光所及的地方。我抵抗它的方式就是投降，我以投降抵抗孤獨。所以在我們之間沒有勝負之分，甚至也區別不出強者和弱者。因為在必要的時候，我可以成為孤獨的化身。我以緘默的背影，以穿越藍天的目光，以喧囂的聲浪，以煩瑣的雜務，以時間，以單調，以我所能體現出孤獨的一切方式拼組成我自己「不沉的航空母艦」，於是我與孤獨共生共長，走過春天與冬天的間隔，一直到長滿長春藤的歸宿。在那裡，我們一同走入天堂。

抵抗孤獨，就是抵抗對生命的放棄。

一九九三年一月一日一氣呵成。

真善美

生活有時是如此的美好，這是因為有真、善、美的存在，生活有時又顯得如此陰暗，這是因為假、惡、醜也同樣存在。而生活永遠是如此豐富，這是因為生活中總交織著真與假、善與惡、美和醜。

古往今來，多少睿智之士把真、善、美統一當作人生追求的目標，繼而推廣於藝術、社會、政治、歷史之中。然而真、善、美真的能夠統一嗎?站在陽光下，我們可以對生活充滿信心，但信心是建立在正視現實的基礎上的，它不會以理想而虛幻的雙翼翱翱。翻開一頁頁塵封的歷史，我們可以看到真、善、美是無法統一在一起的。

真的東西必然美，美的東西卻並不一定真。郊外路邊一朵普通的小花，沒有碩大鮮艷的花盆，也沒有濃綠的葉子的映襯，但它自由地挺立在黃土上，照舊開得熱烈奔放。遊行的旅子停卜疲憊的腳步，會在這朵小花中感受到生命的活力，這就是一種美。這朵小花的美就在它的真實。發自真心，出乎本性的行為也許不為世人所容，但也是美麗的，美就美在自然，不做作，這也是真實。所以說，真的東西必然美。但美的東西不一定是真的。天堂最為美好，但那是先知和信徒虛幻出的世界，人的精神生活中需要有高尚的追求，需要有對美的理想的憧憬，詩人的任務，藝術的使命，就是為人們構築出一座也許並不真實，但其美麗足以喚起人們對前途的希望的宮殿。

善的東西必然美，美的東西卻並不一定善。一顆善良的心，能夠折射出人性的光輝。當你在傾盆大雨中不知所措時，一把雨傘無聲地撐在你的頭上，一張微笑的臉，一個擺擺手表示不必客氣的手勢，隨後是雨過後天晴後一個漸漸遠去的背影。
不用更多話語，你就會感到世界是如此的光明。但美麗的東西並不一定善。王爾德筆下的道林・格雷，有著一張標致清秀的面龐，青春使他煥發出一種美的魅力，但就是這個「美的化身」冷酷地殺死了真誠地關心他，愛他的朋友。據說最致命的毒蘑菇也長得最美麗，但掩藏在美麗下的是死亡的陰影。

真的東西不一定善，善的東西不一定真。兇殘絕不是善的，但它往往是真的。暴風雪是大自然毫無做作的產物，但它卻扼殺了魔爪下一切生機。同樣，善的也不一定是真的。有多少善意，其實從內心講，出於對私利的權衡。又有多少人，在人生奮鬥的途中表現出一顆博大的心，但在得到成功之後，立刻變得殘酷無情。這種人，原來的那種善意就不是真的，更不必說世上還有著那麼多的偽善。

在真、善、美中任選其二尚且不能統一，何況三者結合呢？但是，真、善、美仍是我們追求的理想，仍是激勵我們相信人生，相信自己的風帆。因為我們的一生只有在不斷追求，不斷奮進的路上才能顯示出意義和價值。至於目標能否達到又有什麼關係呢？我相信，在一個人生命的最後一刻，最無怨無悔的話應該是「我追求過」，而不是「我得到過」。

一九九二年八月於北京第二監獄

4

那是我隱身之所

藝術、瞬間與生命

黃葉紛飛的秋季，我從颯颯的西風中悄然隱入波士頓美術館，在迷宮般的展廳中逡巡，感覺彷彿生活在另一個世界。面對一幅幅不同時期的作品，人似乎虛化成視覺器官，飄忽在色彩與結構的空間裡。

我很喜歡禪宗的一句話：「凝結永恆與瞬間。」眼前的每一幅畫，便都是這樣的一種凝結。

我們的心靈，尤其是那些敏感的心靈，每時每刻都在捕捉這些能夠凝結永恆的瞬間；而畫家，就是那些最為敏感的心靈中的一群。唐朝的張璪認為繪畫創作的祕訣是「外師造化，中得心源」，賞畫則要把握「三意」：得意、寫意、會意。他指出的是創作與欣賞的共通之處，就是用生命去把握瞬間。

各種藝術創作的高下之分也在於是否能捕捉住這種瞬間；而藝術種類的不同則在於表現這種瞬間的方式的不同。

繪畫與雕刻是對這種瞬間的複製，藝術家通過創作的過程再現自己對那一瞬間的把握與感知。音樂是為聽眾創造一種氛圍，借助這種氛圍，聽眾可以在其中捕捉自己感受到的瞬間。攝影則是借助科技手段以保存瞬間。

「凝結永恆與瞬間」中，永恆為外在，瞬間為內在。對於瞬間來說，所有的藝術表現都是外在的表現方式，內在的把握則直接來自心靈對外物的體驗。那些經典之作在歷史的走廊中汗牛充棟，但真正能夠從中得到瞬間體驗的只是人類心靈中的一小部分。大部分心靈由於自身的粗糙無法與藝術創作溝通，它們也許可以感知到美，但是卻不能為之感動；即使為之感動，也難以內化為自己心靈中的一部分。

人的心靈對內在世界加以體驗的至高境界，就是把永恆的價值內化為自身生存狀態的一部分。這個過程結合了動與靜兩種狀態。所謂動，就是在萬山靜穆中突然聽到風聲一縷時內心一顫，就是融會千言萬語與其中的相視一笑，是固有運動軌跡中忽然脫逸而出的心理滑行；而所謂靜，則是在動之後的長久的體味。這種動與靜的內化，使人的內心世界更為豐富，人的生存意義因此而得以提升。

我們的一生是由無數的瞬間組成，有少數瞬間會被我們捕捉到，但大部分瞬間都從我們身邊擦肩而過。顯然，被捕捉到的瞬間愈多，生活的質量愈高。藝術創作與欣賞的作用於人生而言，就是為心靈提供輔助手段，讓更多的瞬間沈積在生命歷程中。藝術因此而成為生命中最可寶貴的一部份。從這個角度講，藝術、瞬間與生命三位一體，相互融合，才能使人生畫出一道絕美的彩虹。

我在波士頓美術館中肅立，彷彿可以看到彩虹的弧線。

在博物館中

在博物館中就像游走於歷史。一身的青銅氣味，幾片已石化的羽毛。在博物館中，思維如投入石潭的木片，飄悠沈浮在幽深的水面，四周沒有聲音。也許會恍惚感到心悸，沈悶地迴響在大理石地面的走廊，由遠及近，又逐漸離去，像是一個人衰老的過程。

會想起數不清的寒星，閃爍在山脈的正上方，它們在呼嘯的風聲中晃動，照亮一望無垠的裸露的山脊。而仰視蜿蜒其中的那條古道，猶能耳聞行人的帶汗的喘息，那碎裂的青石如一行天書草寫在樹叢中，沿途的刺荊蒼老乾澀，撕扯開夜行者的視野。

現在我閱讀所有的逝去的朝代，所以會覺得那蹣跚在山中的羚羊仍高昂年輕的掛角。生滿苔蘚與鏽斑的過去，曾經迅速地潛滋暗長，卻在拂曉的曦光中突然沈寂。我說過這就像衰老的過程，因為有太多的東西我們無法用時間計量，於是當番石榴花香仍舊盤繞的瞬間，冬雪已經覆滿了後院。

在博物館中，我不知道自己是在長大還是在回歸生命的起端。生活沈靜一如秋陽下的塵絲，它鎖住汩汩於湖底的泉眼，讓熱量凝聚成灰，緩慢地溫暖地面。現在我則變為冰雪，在樹皮剝落的老樹上自我融解，彷彿一幅相框，給空遠的土地鑲上鑽石的邊緣。我們經常在深入到生活內部的時候，才發覺已逐漸遠離人群。

我站在博物館的玻璃屋頂下，感覺到頭頂上暮色四合。

置換

攝影就是一種置換。

把人從一個喧鬧嘈雜的世界置換到冰涼的童話般的夢境裡；從炎熱的夏天置換到蕭瑟的秋天；從如麻的煩亂置換到悄無聲息的穩定感中。這樣一種置換，讓我們有了更多的可能，去感知生命的可貴；這樣的一種置換，開拓了生活豐富性的空間。

我的眼前就是一幀攝影作品，這應該是一個夏日午後的山谷，峭壁擋住了陽光，使谷內的泉水在暗色中泛出微藍的光，而耀眼的岩石在高大的松林的映襯下反射出天邊的藍色，這一明一暗的對比取代了每一個攝入鏡頭的具體物像而成了作品的靈魂。凝視這樣的對比，我突然在空調機的律動聲中聽到了一縷樂音，它從作品的深處飄出來，在室內緩緩迴盪。不知道作品中攝下的是哪一處風景，便不知道自其中浮現的樂曲是來自何處，不過這又有什麼關係呢？一個從未踏足過的地方，會給人似曾相識的親切；一段從未聽過的樂曲，會令人恍如夢中。我們根本就不必去追究什麼，只要進入，只要體味就可以了。

這就是攝影對於精神生命的意義。

我們的生存極其有限，且不論時間，就是空間上也沒有太多的餘地。可是我們往往不甘於寂寞，不甘於單調。我們總希望有新的東西不斷地在眼前打開一扇窗戶，展現出一個美麗新世界。

所以我們要靠攝影這樣的藝術來維持精神的渴望，讓它們不斷地把我們置換到新的空間裡去。在那裡，時間甚至都可以永恆。

那鮮紅色的酒

「六四」以後，表現當年北京學運的文藝作品和表演數不勝數，其中不乏上乘之作，但最打動我的是台灣林懷民老師的「雲門舞集」一段專門用來悼念「六四」的獨舞。

舞者一出場就是時疾時緩的迴旋，在十幾分鐘的舞蹈中，舞者沒有一刻停住，不停地旋轉，令觀眾的心隨著旋轉的節奏漸漸地愈揪愈緊。這旋轉，是激昂，也是悲憤；是奮揚，也是絕望；是頌歌，也是艷詩；是橫眉憤恨，也是悱惻哀傷。舞蹈的形式並不複雜多變，但深厚的情感在不停的同一動作——旋轉中，用手的姿式，用旋轉的步伐，用背景音樂，渲染得氣勢磅礡。

二〇〇〇年七月四日，台灣中央研究院以一齣「雲門舞集」招待參加院士會議的學者，林懷民老師給了我兩張票，使我得以欣賞這場心儀已久的演出。演出結束後，去林老師在淡水河畔的家，與蔣勳老師一起對酌紅酒。坐在臨河的窗口，淡水河發出汩汩的流聲，對岸的燈火在風中閃閃爍爍。林老師問起當年逃亡的經歷和獄中的種種，我一時黯然。

看那場「雲門舞集」的舞，感覺就像是看歷史一樣，所有的驚心動魄，瞬息間化為河畔清風中的沈默。在這無聲的黑夜中，一聲短短的問候，一段輕輕的記憶，也如風聲一般輕盈，但震撼人心。歲月在鼓聲中遠去，但畢竟留下了痕跡。那醇香如酒的往日情懷仍在，成為編織美好心情和搭起溝通之橋的基石，我們可以飲下手中的酒了。

午夜車站

在波士頓附近的小鎮康闊（Concord），有幾家令人流連的古董店，收有大批美國二、三十年代的舊物，有韻味，而且便宜。前幾日去逛，偶見一幅鏡框裡的畫，題目是"Trains Passing in the Night"（〈夜行火車〉），忽然心有所動，遂買回來掛在牆上。

畫中的午夜車站，正是一九二九年冬天的某個夜晚，兩列蒸汽機車牽引的火車在車站會車，冷清的月台上只有零星的兩三個人，面目與從烏雲的縫隙透出的月光一樣朦朧不清。陰晦的天氣下，車站旁一排四、五層高的小樓顯得頹敗破落，大部份窗口如黑色的方塊，寫滿了死寂和沈滯。我不知道作者是誰，但整幅畫的風格有些像波士頓出身的美國名畫家愛德華‧哈柏。

如果有人寫「天涯飄零」的題目，沒有比這樣的午夜車站更好的背景了。就如同一個離家十年的遊子，已是「近午心事濃如酒」的年齡，在車站上漫無目的地徘徊；也許會想起「少年情懷總是詩」的往事，而汽笛一聲，白煙在車頭騰起一片霧氣，他也應當該說無言了。也如同一個國家，三十年會有天翻地覆的變化，往日那個田野相連的平原，已是高樓林立的都市，牧歌般的靜謐已然成為畫中的風景，當殘存的長春凝神於午夜車站的記憶時，也只能默然良久了。

如果時間是一個世界，我們就是在這個世界上飄零的過客。腳下不停地向前走，留下零零落落、紛紛揚揚的痕跡。我喜歡午夜車站這樣的符號，是因為儘管我們步履匆匆，但總要有一些時間去停下來回首眺望，作為精神上的平衡。沒有這道痕跡，人真的就成了飛鴻，固然輕颺如雪，但並不耐人尋味。

夏多布里昂的傷感

初讀夏多布里昂的《墓中回憶錄》，多少有些茫然，因為久聞夏多布里昂是法國感傷文學的代表人物，《墓中回憶錄》又是他的代表作，很驚詫這本書的單薄和瑣碎：在不是很長的篇幅中，他談了太多的人際交往和對歷史事件的評論。

幸虧我有每本書讀三遍的習慣。再讀夏多布里昂，開始有潮水般的傷感從字裡行間漫出來，滲入讀者的精神空間的每一個角落。他的傷感並不是主題，而是融貫在貌似平淡的回味口吻中。在一種透徹洞明的滄桑感裡，所有的無奈與迷惘，所有的追思與落寞，都在瑣事的描寫中，如一條似隱似現的白線，牽動著夏多布里昂的心弦。這種傷感，因為有了豐厚的人生經歷的積澱，反而內斂自抑，成了一種精神力量。這種境界，就遠非少男少女們「為賦新詞強說愁」的傷感可比了。

一種憂傷，當它是永恆的時候，一種痛苦，當它是無邊的時候，它的精神價值，就不是簡單地用憂傷與痛苦可以包容的了。在夏多布里昂的精神世界裡，這種廣博宏大的感受只能在死亡的黑暗中展開白色的翅膀；在他看來，最高層的苦難使死亡得以昇華。當他行將走完一生的傷感旅程之際，他有著太多的留戀和對新世紀的拒斥，因而死亡成為他最後的傷感，他能從中得到一種追求終生的平靜。

在寫完了《墓中回憶錄》以後，夏多布里昂走了。在新世紀的金色陽光降臨之前，他就是那一輪「蒼白的，顯得很大的」月亮。他用文字留下了他的傷感，我們從中可以知道：人類需要陽光，但人類永遠也不會拒絕月亮。

一個人帶走了一個時代

歷史往往依附在個人身上。

當一個時代離我們愈來愈遠時，屬於那個時代的人會逐漸凋零；而那些仍存活在世上的上一個時代的見證者，他們的價值會愈來愈高。我們對那些如雲煙般消散的時代的追憶，就會與這樣的長者息息相關；而當他們終於也一一逝去時，我們會感到那個時代離我們的距離，又遙遠了許多。

卞之琳的去世，就讓我有這種感覺。彷彿二十世紀文學的高峰——三十年代已經漸行漸遠。

「你站在橋上看風景／看風景的人在樓上看你。明月裝飾了你的窗子／你裝飾了別人的夢。」一九三五年十月，卞之琳寫下這首名為〈斷章〉的短詩，在我心目中，六十五年來的中國詩壇，再也沒有一首短詩超越〈斷章〉的成就。當時的卞之琳是「五四」新文化的乳汁滋養下成長的文學青年，在浪漫主義的旗幟下充滿對人生預支的落寞與無奈。與其他新月派詩人不一樣，他以冷雋的風格見長。同樣是憑弔、憂思、徬徨、幻滅，在他的筆下沈靜悠長，耐人回味。

借助於《人間四月天》，以徐志摩為代表的三十年代浪漫派文人集團又重新喚起人們的記憶，使我們可以重新懷念那個在社會動盪中人類情感與思想的繁榮。卞之琳以他的去世再次印證了那份存在，使我們無法不在他的詩句中重尋浪漫：

像一個中年人
回頭看過去的足跡
一步一沙漠
從亂夢中醒來
聽半天晚鴉。看夕陽在灰牆上，想一個初期肺病者
對暮色蒼茫的古鏡
夢想少年的紅暈。

——〈秋窗〉。

又想起海子

看過普魯斯特的巨著《追憶逝水年華》的讀者，都會記得瑪德麗娜小點心。這塊作者小時候最喜歡吃的小點心，以其賦與作者的嗅覺、視覺，延伸出汗漫無邊的回憶。當記憶的閘門打開，往事如洪水般湧動奔流之際，誰又能想到它的源頭是如此這般的平凡無奇呢？偉大作家的偉大之處，就是用心去發現一些生活中的祕密，然後用筆揭示出來。普魯斯特發現的祕密就是：人類的記憶往往會經由很普通的事物一觸即發。

這讓我想起已經逝去十幾年的天才詩人海子，因為在我看來，海子以及海子的詩就是開啟人類記憶的這一塊「瑪德麗娜小點心」。人類群體對童年的記憶經由他筆下一些樸真率直的呼喚，瞬間充溢閱讀者的想像，從蠻荒世界的亙古空寂到回歸自然的安寧平和，一一展示出來。令人不可思議的是，這樣一個被激情充斥內心，最後走上自殺道路的詩人（不是哲學家），卻用哲學的方式重構了人類記憶。

當我一遍遍默誦起他那首〈面朝大海，春暖花開〉時，都會有這種重回人類童年的感覺：

從明天起，做一個幸福的人
餵馬，劈柴，周遊世界
從明天起，關心糧食和蔬菜。
我有一所房子，面朝大海，春暖花開。
從明天起，和每一個親人通信。
告訴他們我的幸福
那幸福的閃電告訴我的
我將告訴每一個人。
給每一條河每一座山取一個溫暖的名字
陌生人，我也為你祝福
願你有一個燦爛的前程
原你有情人終成眷屬
願你在塵世獲得幸福
我只願面朝大海，春暖花開

當人類愈來愈走向成年，多少純真已悄然逝去，我們有了愈來愈多複雜的理論體系，愈來愈世故的思維認知，和愈來愈挑剔的要求，但是心卻愈來愈不安定。

終會有一天，在寒冽的星空下，貧乏的人們會想起海子。

他們想到了死者嗎？

在一本文學雜誌上看到一段關於戰爭的描寫：

「多年前那個月黑風高夜轟然湧現：大地發抖、天色血紅。炮彈暴雨般瀉下，大軍似狂飆捲向山頭。火光中可見一排排黑影倒下，更密集的黑影嗖嗖向上。最先衝上山的是副連長張中權，他的腸子被打出來，塞回去繼續苦戰，直到犧牲。他的雕像今天靜靜屹立在峰頂。我們來到烈士墓園，幾千座墳在沈默中爆發。我聽得見烈士們的喊殺聲。大家都落淚……」

作者顯然是在為筆下慘烈悲壯的戰爭畫面感動而落淚。

我也落淚，卻僅僅是為了死者。

當多少人都在為鐵與血的暴力美狂呼的時候，他們想到了死者嗎？

那些年輕的生命，在戰爭機器的驅動下無償地交付給了一些與他們相距遙遠的東西，那些東西灰色、巨大，令人面對著就無法呼吸：主權、民族榮譽、意識形態、革命、領土……

而生命呢？在價值的序列中，生命憑什麼排在最後一個？難道那些虛無的價值，就一定必須用無數的生命來體現嗎？

這個世界上有多少次戰爭，就有多少次不公，戰爭的成果對犧牲的生命的不公。當某些政治集團打著「民族利益」的旗子高喊「不惜一戰」的時候，善良的人們應當想一想什麼叫做「一將功成萬骨枯」，應當想想那些將要在這麼巨大的口號下死去的那些年輕的生命，他們將付出一切，卻不會從「民族利益」中得到任何東西。

昨夜風雨

我喜歡風吹過古樹，滿樹亂葉簌簌作響的聲音，所以給自己詩文集取名《聽風隨筆》（編註）。實際上，風聲或再與雨聲交織在一起，更成一種意境。在其中，彷彿可以嗅到腐葉的清香，恍惚間是在林中踏出一條小道的清晨。這當然往往是在秋天，是在心情與季節同步變換的秋天，沒有了心情，風雨之夜也只能是枕邊催眠的噪音。

這樣的意境當然適合於南唐後主李煜的詞，比如他那首《烏夜啼》：

昨夜風兼雨，簾幃颯颯秋聲。

燭殘漏滴頻倚枕，起坐不能平。

世事漫隨流水，算來一夢浮生。

醉鄉路穩宜頻到，此外不堪行。

在國破家亡，「日夕只以眼淚洗面」的軟禁生涯中，李煜回首世事。豪奢浮華的宮廷生活（「紅日已高三丈透，金爐次第添香獸，紅錦地衣隨步皺」），與淒清孤寒的囚犯處境（「燭殘漏滴頻倚枕，起坐不能平」）形成鮮明對比，自然會生發出「世事漫隨流水」的感慨。

自古以來，興亡交替最能給人心靈上的撞擊與啟迪，所以世代交替之際往往人才輩出。李煜一生大起大落，起而無意，落而無奈，其內心深處的幻滅可想而知。在秋風秋雨的寒夜，面對一盞殘燈，這位布衣帝王只能借酒一澆胸中塊壘了。

編註：此書由香港田園書屋於一九九九年出版。

聽《悲愴》

聽柴可夫斯基的《悲愴交響曲》時，心情總是複雜的。這複雜是因為作者與聽眾的兩顆敏感的心互擊相撞產生出交錯難分的軌跡。從《悲愴》中，我時而聽到俄羅斯人民的苦難，彷彿看到白雪茫茫，一望無際的大地上，一隊農民在狂風中趔趄前進；時而又聽到作者個人的嘆息，進而想像出一個在墨夜的窗前無語獨立，任淚水灑滿前襟的柴可夫斯基。但不管是什麼想像，我總會感到一種傾聽的虔誠，一種面對心靈內部傾訴的誠惶誠恐。我知道有一顆偉大的心靈在向我傾訴，向每一個聆聽他作品的人傾訴。這種傾訴中浸滿了作者的思想和感受，它以其不可阻擋的力度震撼了我的內心。兩顆心就是這樣相遇的，藝術也就是這樣征服了我。

藝術是傾訴慾望的產物，而傾訴又是孤獨的產物，因而藝術也是克服孤獨感這個過程的產物。向朋友傾訴、向世人傾訴、向不知存在何方的上天傾訴，甚至是向自己傾訴，把自己的內心充分地表露出來，這就是藝術的目的之一。讀陳子昂的千古絕句：「前不見古人，後不見來者，念天地之悠悠，獨愴然而涕下。」誰又能不為他那種孤傲而絕望的傾訴所打動呢？

在萬花筒裡

曾在北京音樂廳聽過譚盾的交響音樂會。音樂會後出來，耳畔還縈繞著「壎」那種蕩氣迴腸的淒涼，恍惚間回到了幾千年前的洪荒遠古時代，腳便向著與家相反的方向走到長安街上。

華燈初上，車流如潮，不知不覺地走到天安門城樓下，拐進去就是靜得近乎肅殺的午門了。感覺到歷史是一個萬花筒，時間與空間在其中交叉編織成各種圖案，像碎花一樣撒滿在坐標系內，否則怎麼會有人如我一樣，僅憑一部音樂作品就構想出一群茹毛飲血的人呢？就像眼前的故宮，曾目睹了數不清的時代變更，不變的只有自己，是不是在等待什麼呢？有時只是自己嚇唬自己，想像著時空的交錯是不依循什麼規律的：說不定哪　天周圍的文明亦化為塵煙往事，生活再一次從森林中的採摘開始，那時如果還殘餘下所謂音樂藝術的話，也許我們會一本正經地踞集在樹枒上，一邊聽著邁克・傑克遜的《真棒》，一邊感慨萬分地回憶「古代」時的熱鬧與發達。那時我很可能在感慨之餘會描繪一幅未來的景象，幻想著有朝一日我可以坐在富麗堂皇的大理石堆砌的殿堂裡，與距離自己和時代已有幾千年的樂器發出的聲音相遇。

慢慢地在繁華的街道上躑躅與沉思，實在感到疲倦了，就停下腳步，極瀟灑地揮手截下一輛「麵的」回到家中睡覺。

迷失在迷亂中

窗外是秋雨，輕一陣重一陣地下。

最近迷上Piazzolla，覺得下雨的時候尤其適合聽他的音樂。記得第一次聽到Piazzolla，是在看王家衛的電影《春光乍洩》的時候：一盞燈罩上的瀑布的牽引下，情感的路開始延伸，伴隨著那種悠長、晃動、恍恍惚惚如夜間杯中的紅酒一樣的旋律。

聽Piazzolla的音樂，會迷失掉自己的真實感，那不是給人以禪宗式意境的梵樂，也不是古箏下《平沙落雁》般的典雅，而是散發著異國風味，令人腳步為之踉蹌的一種。我曾經喜歡有壁爐的房間，但終於不太想住在裡面，因為冬天的黃昏坐在沙發上看跳躍的火苗，是最易於令我迷失的一種方式。我會忽然忘記時間，定定神看一下錶，三、四個小時已經壓縮成了一片空白。這是迷失在恍惚中。

而Piazzolla讓我迷失在迷亂中。那更應該在酒吧中聽，周圍是嘈雜的歡樂，而青銅色蓮花座的燭台上火苗搖晃，窗外還要有雨，一如我下筆的這一刻。於是往往會疑惑，懷疑自己的過去，是否發生過那麼多大大小小、盤結不清的舊事，迷失在真與假的迷亂中、過去與現在的變幻中；迷失在夜色與燈光的雜沓中。

因為Piazzolla而嚮往阿根廷，那神祕的拉丁美洲風情，熱情如火的性格、魔鬼身材、俊秀面龐與款款深情。彷彿被嚮往的另一個世界都潛伏在以小提琴為主的音樂中，展開鳥翼般的袍袖，把我一步步向裡拖曳。

一聲歎息

班上有一位女同學視力極差，幾乎是半盲狀態，所以她擁有一隻導盲犬，每次上課都會帶來。導盲犬都是經過訓練的，不僅能帶路，而且出乎尋常地溫順。每次這隻狗（我們姑且平等地稱之為「他」），被帶進教室，就一頭趴在地板上，一動不動直到下課。有一次我不小心踩到他的身上，他也是毫無怨言地瞥了我一眼後把身子挪了挪，又倒頭大睡了——至少我以為他是在睡。他是如此的沈默，以至於習慣了以後我簡直忘了他的存在。

那天他一如既往地趴在我腳下打盹，可是突然，我很清晰地聽到他的嘴裡發出了一聲歎息。我絕對沒有幻聽，那確實是完全與人一樣的沈重的歎息，其中似乎飽含了感慨與無奈，十分哲學地發自這隻狗的內心。我急忙低頭檢視他的表現，他仍是一副懶洋洋的樣子，但眼睛卻的確是睜著的。那一瞬間，我控制不住自己的頭腦，感覺自己在面對一個趴在地上的人。

那會不會是一聲歎息呢？多少像他一樣的狗比他有更大的自由，他們是寵物，經常在草地上自由奔跑，欣喜之下還可以吠叫幾聲。可是他的全部生活都是工作，他要照顧主人，隨時履行職責。我不知道他曾經歷過怎樣的訓練，但可以想像那不會是愉快的經歷，因為我從未聽他叫過一聲。一隻狗被改造得如此沈默無語，任勞任怨，那該是怎樣的一種訓練呢？也許他想到了那種訓練和自己的身世，才會有這樣的一聲歎息吧？

這聲歎息拉近了我與他的距離，我開始真的相信動物其實與人一樣有著健全的思維，只不過其方式尚未為人類認知而已。我沒有什麼根據，我只有直覺，因為他的那聲歎息是如此充滿了人性，不能不令人內心一顫。

對哲學的欲望

廣義地講，每個人都是哲學家。

我相信每個人都在某個不經意突然來臨的時刻，會油然而生一種對哲學的欲望。比如在錢塘江觀潮而感到對大自然的無比敬畏時；在深夜未眠中靜觀滿天繁星在無限的靜謐按一種神秘的秩序運轉時；或者是在疲於奔命的生活中偶然想起自己到底是為了什麼在奔波時。在這種時刻，人的思想會從外在的物質世界跌落回自己的心靈中，強烈的迷茫與疑惑使他暫時忘卻了剛才還盤繞在腦海中的種種紛煩事務，這是一種「務虛」的行為。

相對於佔據了人們身心的絕大部分的「務實」行為來說，「務虛」不啻是最佳的調整方式。因為身體倦怠容易消弭，而心靈的疲憊卻難以平復，這樣，對哲學的欲望就成了一本能的生存手段。

欲望是有高低之分的。對哲學來說，過高的欲望就是期待它給現實生活中的矛盾帶來明確的答案，一旦期望落空（而這是經常發生的），心靈的疲憊就會更加沉重，結果，解脫本身反倒因為願望的功利性色彩而成了負擔。什麼時候人類不再對所有事物都加以功利性考慮，他才能真正享受到哲學的福音。

哲學不能給人答案，只能給人問題的明確化，這就夠了。

跋 一個寫字的人

本書的編輯要我寫一篇跋，說是「在情緒上對全書做個收尾」。說老實話，我是最怕寫序或跋的人——我甚至連寫就的詩文也不願修改。然而，編輯那句話打動了我——

「在情緒上對全書做個收尾」。

也許，我真的該做一個收尾了嗎？

我有時會突然認為自己應當是一隻貓，或者一隻鳥好了——反正本來不應當是人類。也不知道怎麼搞的，本應該在羽毛（或皮毛）下生長的皮膚忽然之間成了人類。於是我口吐人言，我對長輩笑臉相對，我終於熟悉了人類之間的一切奧秘。在掌聲中，我一度以為自己真的成了人類的一分子。

然而當深夜降臨的時候，都市的燈光璀璨地亮起，我卻有無名的落寞。人類的世界當然美好，每一個有審美觀念的人（或貓）都會拜倒在物質王國的光怪陸離與金碧輝煌之下。而我，卻在體驗無法溝通的苦痛。如果我是一隻貓，首先我就不會為往事流淚。我知道一切已經過去了的事，都是我們應當忘記的事。但是我卻無法遏制自己，在每天匆匆穿過的捷運車站的鐵軌旁，忽然間茫然。

這是一隻貓幻化為人類的故事，這是一個教訓。

所以我會惶惑。我有了教訓，說明這的確是到了收尾的時候了，太多的故事總應當讓一個人學會承認疲憊，學會與現實妥協，在舒適的房間裡綻開微笑。然而我卻感到故事還沒有結束，像是大河奔流到山角，縱然已無去處，但轉折之間又是另一番天地。我想我是不甘心。

我不甘心自己居然真的已經年過三十。那對我來說本來應當是一個遙不可及的國度，我喜歡遠遠地眺望，卻不想輕易地一腳踏入。然而當恐懼成真時，除了不甘心，我一無所有。

我不甘心，是因為我知道世界的秩序本來不應該這樣。不應該有不可變更的規律，讓通達事理的人可以心平氣和地忍受從未閃光過的生活；也不應當有最後期限，讓來不及趕上最後一班列車的人只能對荒野的空曠浩歎。我們生活的秩序，如果沒有無限可能性作為支撐，只能說是一個垃圾場。

我不甘心，也是因為那些因青春而美麗的面龐。它們一經凝固成標誌，就成了永不消逝的電波，不斷地叩問我當下的處境。作為一個先行的探索者，我怎麼可以甘心於後來者的炫耀呢？畢竟我還不能永遠地擁有所有的美麗，儘管那是我最為奢華的夢想。

所以我決定不做這個收尾。我的跋的每一個字，都是對「跋」這個字所代表的含義的反抗。你可以想像這是怎樣的掙扎。這是一種長久伴隨我的掙扎，是這種掙扎使我寫下了大量文字作為一種宣洩。本書就是在這個基礎上的一個總結。我從在香港由明報出版社出版的四本散文集中選出一部分，作為一種心情呈現出來。至於給誰看，卻不是太明白。所謂「知我者謂我心憂，不知我者謂我何求」，也就如此了吧。

感謝徐璐和張惠菁為我寫序。也感謝大塊文化郝明義先生和編輯陳郁馨的厚愛。我很高興可以再一次以一個寫字的人的身分出現。

二〇〇二年十二月十七日

國家圖書館出版品預行編目資料

我異鄉人的身分逐漸清晰 / 王丹
著 --初版.---台北市：大塊文化,
2003 [民 92]
　面；　　公分.　(catch 56)

ISBN 986-7975-67-7

855　　　　　91022929

LOCUS

LOCUS

LOCUS

LOCUS